tredition®
www.tredition.de

AF303719

für Mika

Katja Kremling

MONTAGS *impulse*

52 Denkanstöße, Inspirationen und Übungen
für mehr Freude und Sinn im (Job-)Alltag

© 2017 Katja Kremling

Umschlaggestaltung: Designbuero Meissner

Verlag und Druck: tredition GmbH, Halenreie 42, 22359 Hamburg

ISBN
Paperback: 978-3-7439-4390-2
Hardcover: 978-3-7439-4391-9
e-Book: 978-3-7439-4392-6

Gebrauchsempfehlung für dieses Buch

Dies ist keine Lektüre zum schnellen Lesen, auch wenn der Titel einen anderen Eindruck erwecken mag.

Bist du neugierig? Natürlich kannst du das Buch in einem Rutsch durchlesen. Jedoch lade ich dich dazu ein, dich jede Woche einem Impuls zu widmen – idealerweise am Montag.

Einige meiner Blog-Leser (www.montags-impulse.de) haben ein neues Ritual eingeführt: Sie lesen den Impuls am Montagmorgen bei einer Tasse Kaffee oder Tee. So starten sie inspiriert und motiviert in die neue (Arbeits-)Woche.

Die restliche Woche kann der Montag-Impuls nachwirken. Wobei sich die Wirkung vervielfacht, wenn du die Fragen und Übungen nicht nur überfliegst, sondern tatsächlich bearbeitest und deine Erkenntnisse anwendest. Nur so entfaltet dieses Buch sein volles Potenzial.

> „Es ist nicht genug, zu wissen, man muß auch anwenden;
> Es ist nicht genug, zu wollen, man muß auch tun.“
>
> Johann Wolfgang von Goethe

Es ist nicht entscheidend, in welcher Reihenfolge du die Montags-Impulse liest. Du kannst von vorn nach hinten, aber auch „quer Beet" lesen - je nachdem, welches Thema dich momentan anspricht.

An einigen Stellen findest du Querverweise zu anderen Impulsen, um dir das NACHlesen zu erleichtern.

Ich wünsche dir, dass dieses Buch nicht nur dein Bücherregal, sondern dein Leben bereichert.

Katja

P.S. Ich freue mich, wenn du deine Erfahrungen, Fragen und Anregungen mit mir teilst: **katja@montags-impulse.de**

Auftakt: Alles begann mit einem Lebenswunder

Ende August 2016 trat ein kleines Wunder in unser Leben. Mika gab mir den finalen Anstoß für dieses Schreib-Projekt:

Die Montags-Impulse

Mit den Montags-Impulsen möchte ich Menschen wie dich inspirieren, ermutigen und begleiten, mehr Freude und Sinn in deinen (Job-) Alltag zu bringen – Schritt für Schritt.

Warum Montag?

Der Montag ist bei den meisten Arbeitnehmern nicht allzu beliebt.

85% der Deutschen leiden laut einer Studie[1] an Montagsfrust - einer Mischung aus Müdigkeit, Unlust und mieser Laune. Die Zahl der Krankmeldungen ist am Montag einsame Spitze.

Doch gegen den Montagsblues lässt sich etwas unternehmen.

Dafür braucht es weder einen radikalen Umbruch noch einen kompletten Neuanfang.

Es sind unsere täglichen Gedanken, Taten und Entscheidungen, mit denen wir die Weichen für unseren weiteren Berufs- und Lebensweg stellen. Die kleinen Impulse und Schritte, die das Potenzial haben einen Domino-Effekt auszulösen und unser Leben zu verändern.

Der Montag scheint mir dafür ein guter Anfang.

Lass' uns gemeinsam dein persönliches Lebenswunder gestalten.

Ich wünsche dir einen gelungenen Auftakt,
Katja

#1 Lass' es langsam angehen
(Dieser Montags-Impuls ist besonders für den Jahresbeginn geeignet)

Fühlst du dich frisch und munter?
Energiegeladen und voller Tatendrang?
Bereit, deine Ziele anzupacken und umzusetzen?

NEIN?

Wirf mal einen Blick aus deinem Fenster.
Die Bäume haben ihre Blätter fallen lassen.
Die meisten Tiere halten Winterschlaf.
Einige Orte sind schneebedeckt.

Die Natur zieht sich zurück, um sich zu regenerieren.
Sie fährt auf Energiespar- bzw. EnergieTANKmodus.
Im Frühjahr wird sie wieder aus dem Vollen schöpfen.

Wie viel Zeit hast du dir für deine Regeneration gegönnt?

Regeneration ist nicht gleich Nichtstun

Sportler wissen, dass Regenerationsphasen ein wesentlicher Faktor für Trainingserfolge sind. Immer auf Anschlag zu trainieren, schadet der Gesundheit. Die Leistungsfähigkeit stagniert.

Wie im Sport braucht es auch in unserem Leben Raum für die inneren (Anpassungs-)Prozesse, um unser volles Potenzial an Kraft und Freude zu entfalten und aufrecht zu erhalten. Nicht nur für Fahrzeuge gilt:

> Mit zunehmendem Alter bedarf es mehr Zeit
> für Wartung und Instandhaltung.

Im hektischen Alltag sehnen wir uns nach Ruhephasen – nach dem Feierabend und Wochenende, einem Urlaub oder einer Auszeit (#25). Doch dann fällt es uns schwer, auf Knopfdruck richtig abzuschalten.

Wirkungsvoller ist es, kleine Regenerations-Einheiten in den Alltag einzubauen. Dafür gibt es kein Pauschalrezept. Vielleicht musst du erst ein paar Dinge ausprobieren, bevor du das passende für dich findest. Entscheidend ist, dass es sich einfach umzusetzen lässt (ohne große Vorbereitung), dass du Freude daran hast und sich ein „Regenerations-Flow" entwickeln kann.

Deine persönlichen Energiespender

 Ich lade dich ein, dir heute eine **Liste** zu erstellen mit Menschen und Aktivitäten, die dir Energie geben und/oder deine Seele streicheln, z.B.

- Spazieren gehen an der frischen Luft
- Zu deiner Lieblingsmusik tanzen
- Dein Lieblingsmagazin lesen
- Meditieren
- Ein Nickerchen machen
- Yoga praktizieren
- Dein Lieblingsgericht kochen
- Eine Runde Joggen oder Radfahren
- Sich Zeit für Lieblingsmenschen nehmen
- Dankbarkeitstagebuch schreiben

Der gute Vorsatz, sich mehr Raum für Entspannung zu gönnen, ist schwer messbar und nicht an einem bestimmten Punkt erfüllt. Doch positive Gewohnheiten (z.B. 15 Minuten Kreativität im Alltag #4) tragen mehr zu unserem Glücksempfinden bei als eine einmalige Aktion (Wellness-Wochenende, etc.).

Wähle dir in dieser Woche einen Energiespender aus und nimm' dir möglichst täglich 15 Minuten dafür Zeit.

Ich wünsche dir ein entspanntes Eintauchen in das neue Jahr,
Katja

#2 Entrümpeln: Weniger ist soviel mehr

Eine Freundin von mir hat diesen wiederkehrenden Alptraum:
Sie steht am Bahngleis mit unzähligen Koffern.
Der Zug fährt ein.
Ihr bricht der kalte Schweiß aus.
Wie soll sie all das Gepäck allein in den Zug bekommen?
…

Kennst du das?
* Du schiebst ständig Dinge von links nach rechts.
* Der Kleiderschrank ist voll, doch du hast nichts zum Anziehen.
* Du kaufst das x-te Ordnungssystem in der Hoffnung, dem Chaos Herr bzw. Frau zu werden.
* Hinter verschlossenen Türen und in versteckten Ecken sammeln sich „Stäubchen" und „Stehrümmchen".
* Seit Wochen verfolgt dich das schlechte Gewissen (#21), weil du endlich den Keller oder Dachboden aufräumen solltest.
* Du überlegst, in eine größere Wohnung zu ziehen oder einen Lagerraum anzumieten, um deine Sachen unterzubringen.

Alles was wir besitzen, erfordert unsere Aufmerksamkeit, kostet nicht nur Geld, sondern auch Zeit, Energie und Nerven.

Die Dinge-Diät: Loslassen und Ballast abwerfen

Entrümpeln hilft …
* Energie- und Zeiträuber zu beseitigen.
* Dich auf das Wesentliche zu konzentrieren.
* Platz für Neues zu schaffen.
* Bewusster zu konsumieren.
* Die Leichtigkeit des Seins wieder zu entdecken.

Wer mich gut kennt, weiß: Im Herzen bin ich Minimalist.
Doch seit wir aus der 50qm-Wohnung in unsere Haus-WG gezogen sind, haben sich immer mehr Dinge eingeschlichen.

Minus 100 Dinge in 5 Tagen

„Weniger ist soviel mehr" steht auf meiner diesjährigen Visions-Collage. Entrümpeln ist auf der Liste meiner Lieblingsbeschäftigungen und Energiespender weit oben.

 Daher lade ich dich zu einer **Mini-Entrümpelungs-Challenge** ein: Trenne dich in 5 Tagen von mindestens 100 Dingen, die du nicht mehr brauchst.

Los geht's, aber …

Wo soll ich bloß anfangen?

1. Besorge dir **drei Kisten**:
- Erste Kiste: **Müll** (wird sofort entsorgt)
- Zweite Kiste: **Wiederverwertbares** (wird verkauft oder verschenkt, z.B. über eBay Kleinanzeigen, online oder offline auf dem Flohmarkt(-App), bei einer Tauschparty, als Sachspende oder Schrottwichtel. Bücher kannst du z.B. bei bookcrossing teilen oder über momox & Co. verkaufen bzw. recyceln. Für Reste im Kühlschrank und aus der Vorratskammer eignet sich foodsharing)
- Dritte Kiste: **Persönliche Schätze** (Dinge mit Erinnerungswert wie Liebesbriefe, Fotos, etc.)

2. Nimm' dir täglich eine **überschaubare Einheit** zum Entrümpeln vor, z.B. eine Schublade, deine Handtasche, dein Auto, die Hausapotheke, den Badschrank oder Besteckkasten …

Auf keinen Fall solltest du mit dem Keller anfangen. Das entmutigt. Schnelle Erfolgserlebnisse motivieren, weiter zu machen.

3. Stelle dir bei jedem Gegenstand, den du in die Hand nimmst, folgende **drei Fragen**:
- Brauche ich dich wirklich?
- Erleichterst du mein Leben?
- Machst du mich glücklich?

Falls du zwei von drei Fragen mit Nein beantwortest, wandert der Gegenstand je nach Zustand in die erste oder zweite Kiste.

Einzige Ausnahme: Falls du Frage 3 mit Ja beantwortest, prüfe nochmal, ob der Glückseffekt für die „Schatzkiste" reicht. Ansonsten: weg!

4. Aussortieren ist das eine, die **Entsorgung** das andere.

Du solltest die Müllkiste möglichst sofort entsorgen, damit sich die positive Wirkung des Entrümpelns entfalten kann.

Für die zweite Kiste setzt du eine Frist, z.B. drei Monate. Ist die Kiste dann immer noch da und nichts davon gebraucht oder verkauft, kannst du ALLES verschenken (statt wegwerfen).

Dafür sind die Dinge dir zu schade, schließlich haben sie irgendwann mal mehr oder weniger viel Geld gekostet? Gut, aber das Geld kommt auch nicht wieder, wenn der Kram im Schrank bleibt.

Gönn' dir vom Erlös deiner Entrümpelungsaktion ein schönes Erlebnis im Sinne von **mehr Zeit statt Zeug**.

Dauerhaft Gerümpel-frei

Langfristig hilft nur **bewusster Konsum**, um dich von überflüssigen Dingen zu befreien.

> Raum ist wie Zeit, beides füllt sich quasi von selbst.

Behalte beim Shoppen die drei Fragen unter Punkt 3 im Hinterkopf. Zusätzlich gilt der Grundsatz: Für jeden neu gekauften Gegenstand muss ein anderer gehen.

Ich wünsche dir eine erleichternde Woche,
Katja

#3 Es ist nie zu spät, neu anzufangen

Der 3. Montag gilt als der deprimierendste Tag im Jahr:

Blue Monday

Das Wetter ist nasskalt und grau.
Der Lichtmangel macht uns träge.
Nach dem kostspieligen Weihnachtsfest trudeln die Rechnungen für
Abos und Versicherungsbeiträge ein.
Die Motivation liegt am Boden.

Damit werden auch die guten Vorsätze klammheimlich zurück in die
Schublade gepackt: Etikett „VIELLEICHT im nächsten Jahr".

„Es ist nie zu spät neu anzufangen."

Hermann Lahm

Es ist Januar, das Jahr hat noch 11 Monate

Genug Zeit, um dich deinem Ziel ein paar Schritte zu nähern. Sonst
fängst du beim nächsten Mal nicht nur bei Null, sondern mit noch weniger Vertrauen in dich und dein Durchhaltevermögen an.

Bei den meisten Vorsätzen kannst du sofort mit der Umsetzung starten,
doch das Ziel dahinter lässt sich selten von heute auf morgen erreichen.
Daher braucht es einen wirklich guten Grund, um dich tagtäglich aus
der Komfortzone zu bewegen und dranzubleiben.

Der Vorsatz selbst klingt häufig wenig verlockend.

Beispiel:
*„Ich stehe jede Woche zweimal morgens eine Stunde früher auf, um
schwimmen zu gehen."*

Das mag vielleicht SMART formuliert sein, doch es klingt anstrengend
und mühsam. Es fehlt der emotionale BEWEGgrund.

Motivation für den Neustart

 Um deine wahren Beweggründe hinter deinen Vorsätzen und Zielen zu ergründen, **frage nach dem WARUM.**

Warum will ich ... (*Vorsatz / Ziel*) umsetzen bzw. erreichen?
Warum ... Warum ... Warum ... Warum ... Warum ... Warum ...

Hinterfrage mit jeder Runde deine vorherige Antwort.
Schreibe deine Antworten auf, ohne sie zu bewerten.

Bist du tiefer eingetaucht?

Wenn du auf deinem Weg in ein Motivationsloch (#47) fällst, hilft es dir dein WARUM immer wieder bewusst zu machen.

Drum prüfe, wer sich ewig bindet.

Wenn du deine Beweggründe ehrlich hinterfragst, erkennst du vielleicht, dass dir dein Vorsatz oder Ziel gar nicht so wichtig ist oder gar nicht passt, um deine wahren Bedürfnisse zu erfüllen.

Wenn das so ist, sabotierst du dich selbst. Das ist wie als würdest du ein kleines Kind mit einem Lolli abspeisen, obwohl es sich nach einer Umarmung sehnt.

Falls das zutrifft, suche dir einen besseren Vorsatz. Ein besseres Ziel.

Ich wünsche dir eine frisch-motivierte Woche,
Katja

P.S. Mich bewegen vor allem zwei Gründe zum Schwimmen: erstens ist das meine Zeitinsel für mich und zweitens komme ich beim Schwimmen auf die besten Ideen für die Montags-Impulse. Das macht mich zufriedener als wiederholt die Schlummertaste zu drücken.

#4 Dafür habe ich keine Zeit

Wie oft denkst oder sagst du diesen Satz?

Für „dies oder das" fehlt dir schlicht und einfach die Zeit.
Warum ist das so?

Etwas anderes ist dir wichtiger

Weder mir noch irgendjemand anderem steht es zu, darüber zu urteilen, was für dich in deinem Leben aktuell wichtig und richtig ist. Ich möchte dich jedoch dazu einladen, den Gedanken …

Ich habe keine Zeit.

… ab sofort zu ersetzen durch …

Etwas anderes ist mir wichtiger.

Denn das ist der wahre Grund.

Faktisch haben wir alle 24 Stunden am Tag, 7 Tage die Woche Zeit. Praktisch haben wir die Wahl zu entscheiden, mit welchen Dingen, Aufgaben und Menschen wir diese Zeit füllen.

Gesundheitliche Härtefälle seien an der Stelle ausgenommen. Vermutlich hätte der ein oder andere seine Zeit (rückblickend) lieber anders investiert.

Wie Kurt Tucholsky es auf den Punkt bringt:

„Ein voller Terminkalender ist noch lange
kein erfülltes Leben."

Wofür investierst du deine Lebenszeit?

Der Montag eignet sich gut um einen etwas anderen Blick auf deine kommende Woche zu werfen. Zunächst ist es sinnvoll, dir bewusst zu machen, in welche Dinge, Tätigkeiten und Menschen du deine (Lebens-)Zeit und Energie investierst.

 Investiere **15 Minuten** in die folgende **Übung**.

1. Betrachte alle anstehenden geschäftlichen und privaten Termine, Aufgaben und Verabredungen in deinem Kalender für alle 7 Wochentage. Ergänze die Zeiten, die notwendig und fest verplant sind, z.B. um ins Büro zu pendeln, den Haushalt zu erledigen, die Kinder zur Kita, Schule oder zu Freizeitaktivitäten zu fahren, mit dem Hund spazieren zu gehen, Fitnessstudio, Familienfeiern, etc. ... alles, was deine Zeit in dieser Woche in Anspruch nimmt.

2. Nimm' dir dann einen grünen und roten Stift. Markiere in grün alle Aktivitäten, die dir Freude bereiten und dir Energie geben. Rot sind Termine, Aufgaben und Verabredungen, auf die du keine Lust hast oder die bereits zum Wochenanfang auf deine Stimmung drücken. Für den Zweck dieser Übung ist es hilfreich, dich für grün oder rot zu entscheiden und auf das „weder-noch" zu verzichten. Sei ehrlich mit dir selbst und vertraue deinem Bauchgefühl, auch wenn der Kopf das ein oder andere als Notwendigkeit oder „gute Tat" rechtfertigen will.

Bestätigt sich dein Montagmorgen-Gefühl?

Was kannst du in dieser Woche tun, um eine rote mit einer grünen Aktivität zu ersetzen?

Ich wünsche dir eine zeitbewusste Woche,
Katja

#5 Die eine oder keine!? Perfekte Lösung gesucht

Berufliche Neuorientierung ist für die meisten Menschen mit der Suche nach dem EINEN perfekten Job verbunden, der 100%ig passt und in kürzester Zeit den Lebensstandard bis zur Rente finanziert.

Traumjob auf Lebenszeit?

Offen gestanden, am Anfang meiner Tätigkeit als Berufungscoach glaubte ich auch an den Traumjob, der mich ein Leben lang erfüllt.

Doch in den letzten 5 Jahren bin ich zu der Überzeugung gekommen, dass unsere Berufung kein Endziel ist, sondern eher der Weg. Ein kontinuierlicher Prozess, in dem wir uns selbst immer klarer erkennen und unseren Lebens- und Berufsweg entsprechend gestalten können. Die Qualität im Einklang mit sich selbst zu leben und zu arbeiten. Mit dem, was uns persönlich auszeichnet, unser Geld zu verDIENEN, indem wir etwas Wertvolles zum Leben anderer beitragen.

Das Leben ist Veränderung

So erkennen wir die Tatsache an, dass wir selbst, unser Umfeld und das Leben per se sich stetig weiterentwickeln und auch verändern.

In früheren Generationen war es üblich von der Ausbildung bis zur Rente in einem Beruf oder Unternehmen zu arbeiten. Mittlerweile wandeln sich der Arbeitsmarkt und mit ihm die Berufsbilder so rasant, dass Umbrüche im Lebenslauf zur Normalität werden.

Auch wenn diese Schnelllebigkeit beängstigend sein kann, eröffnet sie uns mehr Freiheiten im Laufe unseres Lebens Kurskorrekturen vorzunehmen, wenn wir merken, dass der eingeschlagene Weg keine Perspektive bietet oder nicht mehr zu uns passt.

Perfektion ist Lähmung

Was uns ausbremst, ist die Idee von der perfekten Lösung – der EINE Job, der allen Ansprüchen von jetzt auf gleich gerecht wird.

Vielleicht ist das ein Symptom unserer Konsumgesellschaft. Wir verlernen das „selbst gemachte" (#44) und verlieren die Geduld, die es braucht, um etwas Neues und Eigenes zu gestalten.

So bleiben viele bei der beruflichen Neuorientierung im Gedankenkarussell der Suche hängen - zunehmend frustriert. Wir unterdrücken die nagende Unzufriedenheit, verabschieden uns vom „Hirngespinst" der Berufung und gehen pflichtbewusst an die Arbeit, die uns – wenn auch wenig Freude oder Sinn – zumindest Sicherheit bietet.

An dem Punkt stand ich selbst bis mir klar wurde:

Viele Wege führen nach Rom

Statt sich auf ein ideales Berufsbild in der Ferne zu fokussieren, geht es darum, die Gestaltungsmöglichkeiten im aktuellen Umfeld zu entdecken. Im Hier und Jetzt beginnen. Losgehen. Ausprobieren (#37).

 **Frage dich ...**

- Was bereitet mir unmittelbar Freude?
- Was gibt mir Energie?
- Was begeistert und motiviert mich?
- Welche Interessen kann ich bereits ausleben?
- Welche Aspekte fehlen mir in meinem tagtäglichen Tun?
- Wie kann ich meinen Interessen mehr Raum geben?

Entdecke die kleinen Rädchen, die Großes bewegen können.

Ich wünsche dir eine entdeckungsfreudige Woche,
Katja

#6 Wo bitte geht's zum Traumjob?

Heute teile ich eine Übung mit dir, die hilft, mehr Klarheit und Orientierung für die Richtung des Weges zum Traumjob zu gewinnen. Anhand des Beispiels meiner Kundin Silja zeige ich dir, wie sie die Erkenntnisse aus dieser Übung umgesetzt hat.

Dabei geht es weniger, um die EINE Berufsidee (#5). Kein Job wird dich jemals zufrieden stellen oder erfüllen, solange dieser nicht im Einklang mit einer tieferen Quelle deiner Motivation ist – deinem Sinn.

Der Job bzw. das Ziel definiert, **WAS** du willst … und tust.
Deine Persönlichkeit beeinflusst, **WIE** du es willst … und tust.
Der Sinn erklärt, **WARUM** du es willst … und tust.

Wenn du erkennst, was für dich tatsächlich wesentlich und sinnvoll ist, UND du diese Qualität in dein (Alltags-)Leben bringst, gewinnst du mehr Zufriedenheit und Lebensqualität.

> „Frage nicht nach dem Sinn des Lebens
> – gib ihm einen."
>
> Unbekannt

Je nach Erfahrung und Lebensphase kann sich das WARUM, WIE und WAS weiter entwickeln und verändern. Daher habe ich aufgehört nach der finalen Antwort für den Sinn meines Lebens zu suchen. Ich versuche achtsamer und bewusster zu sein, was mich im Moment mit natürlicher und tiefer Herzensfreude erfüllt.

Dieses Empfinden ist intensiver als Spaß oder kurzfristige Lustbefriedigung und nicht immer leicht zugänglich. Doch ich betrachte das Gefühl der Freude als Indikator, dass ich meinem Sinn nahe bin.

Eine Möglichkeit zu erkennen, was für dich persönlich wert- und sinnvoll ist, besteht darin, deine Träume genauer unter die Lupe zu nehmen:

Die Traumjob-Entdeckungsreise

 Investiere **30 Minuten** in diese **Übung**. Begib' dich dafür in ein stimmungsvolles Ambiente mit Abstand zu deinem Arbeitsplatz und frage dich …

1. Angenommen du hättest die Möglichkeit unabhängig von deiner Qualifikation und deinen Fähigkeiten in fünf deiner „Traumjobs" zu arbeiten, welche Berufe würdest du gern ausprobieren?

2. Erstelle eine Liste. Folge dabei weniger der Vernunft, sondern deinen Herzenswünschen. Die „Traumjobs" können real existieren oder auch frei von dir erfunden sein.

3. Nähere dich dem Wesenskern deiner „Traumjobs": Welche Aspekte dieser Berufsbilder begeistern dich besonders?

- In welchem **Umfeld** und unter welchen **Rahmenbedingungen** würdest du in diesem Beruf arbeiten?

- Welche **Aufgaben und Tätigkeiten** wären Bestandteil deiner tagtäglichen Arbeit?

- Mit welchen **Themen- und Interessengebieten** würdest du dich beschäftigen?

- Welche **Begabungen und Fähigkeiten** könntest du bei dieser Arbeit zum Ausdruck bringen und weiter entwickeln?

- Welche deiner **Bedürfnisse** wären erfüllt? Welche deiner **Werte** würden sich in dieser Arbeit widerspiegeln?

- Worin besteht für dich der **Sinn** bei dem, was du mit dieser Arbeit zum Leben anderer beitragen könntest?

4. Womöglich fällt dir bei näherer Betrachtung auf, dass einige Berufsbilder etwas gemeinsam haben. Markiere die 3-5 wesentlichen Qualitäten deiner „Traumjobs", die dich besonders ansprechen.

Manche „Traumjob" kannst du noch verwirklichen, andere nicht. Das sollte dich aber nicht davon abhalten, die Qualitäten, die dir mehr Erfüllung und Sinn versprechen, auf alternativen Wegen in dein Leben zu integrieren.

Hier ein konkretes Beispiel meiner Kundin Silja:

Creatipster – Kreativität im Alltag leben

Silja gewann im BerufungsCoaching die Gewissheit, dass eine kreative Tätigkeit zentraler Bestandteil ihres Lebens sein sollte. Zum damaligen Zeitpunkt war sie als Mama eines 9 Monate alten Sohnes in der internen Beratung eines Großkonzerns tätig.

Wir entwickelten verschiedene Ideen, auf welchen Wegen Silja ihren Wunsch nach mehr Kreativität im (Berufs-)Alltag verwirklichen könnte. Ein Kunst- oder Designstudium ließ sich finanziell und zeitlich nicht mehr einrichten. Auch ihr Traum, Kinderbuchautorin zu werden, war nicht von jetzt auf gleich wirtschaftlich tragfähig bzw. mit der Familie vereinbar.

Silja entschied sich dafür, einen Kreativblog aufzubauen. So kann sie neben der Arbeit ihre Kreativität ausleben. Im **Creatipster** Blog teilt sie die Erfahrungen aus ihrem eigenen Prozess mit anderen Menschen. Sie gibt Inspirationen und Anleitungen, um die eigene Kreativität zu entdecken und auszudrücken.

Mittlerweile hat Silja firmenintern die Position gewechselt und ist für das Digitale Marketing zuständig – eine Aufgabe, bei der die Erfahrungen mit dem Blog einfließen. 2016 ist Silja zum zweiten Mal Mama geworden und postet weiterhin regelmäßig über ihre kreativen Experimente. Eines davon bestand darin, eine Geschichte für Kinder zu schreiben und zu illustrieren. So hat sich Silja ihren Traumjob als Kinderbuchautorin im Kleinen erfüllt.

Ich wünsche dir mehr Traumjob-Qualität in dieser Woche,
Katja

P.S. Wenn du Lust hast mehr Kreativität im Alltag zu leben, dann schnuppere in Siljas Blog rein: www.creatipster.de

#7 Du siehst nur Nebel? Gehe einen Schritt weiter

Wenn wir neue Wege einschlagen, dann tauchen wir oft in einen dichten Nebel ein. Dieser Nebel versinnbildlicht unsere Selbstzweifel und Ängste, aber auch die negativen Erfahrungen, die wir im Laufe unseres Lebens verinnerlicht haben.

All das vernebelt uns die Sicht auf den Weg, der uns - abseits der vorgezeichneten Pfade - zu dem Leben führt, das wir uns eigentlich wünschen. Doch wir wissen (noch) nicht, wie es weiter geht.

Wir hoffen, dass sich der Nebel auflöst und wir klar sehen, wohin uns dieser neue Weg führt. Doch bis auf eine leise Stimme, die uns zuflüstert: „Trau' dich, geh' weiter!", fehlt uns die Orientierung.

Häufig wenden wir uns ab und folgen, wie die anderen, den „sicheren" Pfaden. Wir ahnen, dass uns dieser Weg nicht die Erfüllung bringen wird, die andere uns versprechen. Doch wir fürchten, die damit verbundene Sicherheit aufzugeben.

Wann immer wir einem Menschen begegnen, der seinen eigenen Weg geht, fühlen wir uns inspiriert. Für einen Moment lichtet sich der Nebel und der Pfad zu dem Leben, das wir uns wünschen, ist deutlich zu erkennen. Wir verspüren den Mut und Tatendrang, unseren eigenen Weg zu gestalten.

Doch wir zögern. Wohin soll das führen? Der Nebel verdichtet sich wieder. Selbstzweifel und Ängste verdrängen das zarte Pflänzchen Zuversicht. Wir können nur noch die ersten drei Schritte sehen, der restliche Weg verschwimmt im Nebel.

„Gehe soweit, wie du sehen kannst.
Wenn du dort bist, wirst du weiter sehen."
Thomas Carlyle

Hast du LEBEN schon einmal rückwärts geschrieben?
Was liest du da?

NEBEL

In seinem Buch **„Wiedersehen im Café am Rande der Welt."** vergleicht John P. Strelecky[2] das Leben der meisten Menschen mit einem Schaukelstuhl, in dem wir vor und zurück schaukeln. Immer wieder lesen wir Geschichten oder begegnen Menschen, die uns den Impuls geben, aufzustehen und loszugehen. Doch je länger wir zögern, desto dichter wird der Nebel.

Dabei sind die nächsten drei Schritte auch im dichtesten Nebel immer sichtbar. Was es braucht, ist der Mut loszugehen. Denn sobald du einen Schritt weiter gehst, gewinnst du eine neue Perspektive, eröffnen sich neue Möglichkeiten und lernst du das, was es für den übernächsten Schritt braucht.

Mich ermutigt diese Sichtweise in kleinen Schritten vorwärts zu gehen, auch wenn ich nicht genau absehen kann, wohin dies führt.

Auf diese Art und Weise ist dieses Buch entstanden. Ich scheute mich stets vor der zeitaufwändigen „einsamen" Arbeit bis ich das finale Ergebnis in den Händen halte, ungewiss auf welche Resonanz es treffen wird. Auf diesem Pfad war viel **NEBEL**.

In Aussicht auf unser kleines Lebenswunder hatte ich mir dieses Schreibprojekt für die „Elternzeit" vorgenommen. Doch anstatt mir große Ziele zu setzen, begann ich mit kleinen Email-Impulsen für meine Kunden und Interessenten. So schrieb ich Woche für Woche ein paar Seiten in meinem imaginären „Buch" bestärkt von den vielen positiven Rückmeldungen meiner wachsenden Leserschaft. Daraus ist mittlerweile ein Blog entstanden und du hältst das Buch gerade in deinen Händen.

Ich wünsche dir diese Woche den Mut für deinen nächsten Schritt,
Katja

#8 Eine kleine Entscheidungshilfe

Tagtäglich treffen wir eine Menge Entscheidungen. Die meisten davon routiniert, quasi automatisiert und unbewusst.

Doch es gibt die Entscheidungen, mit denen wir uns schwer tun (#43). Weil sie wegweisend sind. Weil sich mit der Entscheidung für EINE Tür eine andere Tür schließt.

Den inneren Navigator einbeziehen

Häufig suchen wir dann Orientierung im Außen. Wir sammeln Informationen, Meinungen und Erfahrungen anderer. Wir erstellen Pro-Contra-Listen oder hoffen, dass uns jemand oder etwas die Entscheidung abnimmt.

Klar ist: Zum Zeitpunkt der Entscheidung lassen sich selten alle Konsequenzen in ihrem vollen Ausmaß absehen (#7). Doch ich glaube, dass wir eine Art inneren Navigator für unseren Weg haben.
Wie Steve Jobs sagte:

> „Habe den Mut, deinem eigenen Herzen
> und der Intuition zu folgen.
> Die wissen irgendwie schon genau, was du wirklich sein willst."

Die meisten Menschen haben allerdings verlernt diese inneren Impulse wahr zu nehmen. Manche hören die innere Stimme zwar deutlich, vertrauen ihr jedoch nicht, da sie überlagert wird von den vernünftigen Gründen und „gut gemeinten" Ratschlägen anderer.

Nachdenken

Hast du dich schon mal gefragt, warum es NACHdenken heißt? Womöglich ist die Entscheidung (unbewusst) längst getroffen und wir sammeln nur noch Gründe, um diese zu rechtfertigen, für andere erklärbar und nachvollziehbar zu machen.

Aber welcher noch so vernünftige Grund sollte das innere Gefühl der Stimmigkeit einer Entscheidung für unseren ganz eigenen Weg überwiegen? Die Motivation, die Kraft und das Durchhaltevermögen für diesen selbst gestalteten Weg kommen von innen, aus deiner Begeisterung für eine echte Herzensangelegenheit.

In Entscheidungssituationen nutze ich daher eine einfache Methode, die mir hilft, meine inneren Impulse deutlich zu erkennen:

Wirf eine Münze

 Diese **Entscheidungshilfe** ist geeignet, wenn du die Wahl zwischen zwei Optionen hast. Ziel ist es, deine inneren Impulse in einer Entscheidungssituation bewusst zu machen.

Welche Entscheidung möchtest du treffen? (Starte klein)
- Nimm' eine Münze und bestimme für welche der beiden Optionen Kopf und Zahl stehen.
- Schreibe es auf, um dich nicht selbst auszutricksen.
- Dann wirf die Münze. Wichtig: nur EIN Mal!
- Achte auf deine spontane Gefühlsreaktion, wenn die Münze in der Luft fliegt. Alternativ kannst du das Ergebnis abdecken.
- Geh in dich: Was willst du wirklich von ganzem Herzen?
- Dann decke die Münze auf: Löst das Ergebnis Widerstand aus, dann plädiert deine innere Stimme für die andere Option. Empfindest du Freude, dann ist dieses Ergebnis stimmig.

Entscheidend ist NICHT, was die Münze „sagt", sondern welchen inneren Impuls der Münzwurf bei dir auslöst.

Vertraue deiner Intuition.
Sie weist dir DEINEN ganz eigenen Weg.

Ich wünsche dir eine entscheidungsfreudige Woche,
Katja

#9 Leben ohne Reue. Bleib' dir selbst treu

Die australische Altenpflegerin Bronnie Ware hat ein berührendes Buch geschrieben: **„Fünf Dinge, die Sterbende am meisten bereuen."**[3]

Das Gefühl der Reue stellt sich bei vielen nicht erst auf dem Sterbebett ein. Selbst bei jungen Menschen fließen Tränen, wenn sie erkennen, dass sie einen bestimmten Weg eingeschlagen haben, um den Erwartungen anderer gerecht zu werden. Dass sie sich angepasst und entgegen ihrer Persönlichkeit verbogen haben aus Sehnsucht nach Zugehörigkeit, Anerkennung und Wertschätzung. Diese Bedürfnisse blieben jedoch meist unerfüllt.

Sich selbst treu bleiben

Es ist nicht leicht, sich von der Orientierung im Außen, den Erwartungen anderer, den vermeintlichen „RICHTIGs" und „FALSCHs", den gesellschaftlichen Konventionen ... im gesunden Maße zu lösen. Die Balance zwischen ICH und WIR zu finden. Zwischen dem Wunsch nach Individualität und Selbstverwirklichung (#23) auf der einen, und dem Bedürfnis nach Gemeinschaft und Zugehörigkeit (#50) auf der anderen Seite.

> „Der Verstand kann uns sagen, was wir unterlassen sollen,
> aber das Herz kann uns sagen, was wir tun müssen."
>
> Joseph Joubert

Unsere innere Stimme wird nicht verstummen und sich immer wieder – mal leiser, mal lauter – Gehör verschaffen.

Habe den Mut, Chancen zu nutzen

Nicole (35) ist alleinerziehend mit einer 8-jährigen Tochter. Sie arbeitet seit 14 Jahren als Sozialpädagogin.

Im BerufungsCoaching wurde deutlich, dass Nicole bereits eine Richtung hatte, von der sie seit Jahren träumte: Sie möchte Grundschullehrerin werden.

Allerdings konnte sie sich nicht vorstellen, wie sie das zeitlich und finanziell mit ihren herausfordernden Alltag vereinbaren könnte.
Daher haben wir neben diesem Weg, weitere Optionen entwickelt, welche Schritte sie in die gewünschte Richtung gehen kann, die im Wesenskern ihrem Traumjob (#6) entsprechen: vom Nachhilfe geben bis hin zur Ausbildung zum Kinder- und Jugendcoach.

Nicole informierte sich über die verschiedenen Möglichkeiten und führte Gespräche mit den Ausbildungsleitern. Doch keine dieser Alternativen wollte so richtig „funken". Also hat sich Nicole auf einen Studienplatz für das Lehramt Grundschule beworben ...
... und überraschend die Zusage dafür erhalten.

Damit war Nicole mit dem Entscheidungs-Dilemma konfrontiert.

Sie schrieb mir:
„Nun wäge ich gerade ab, ob ich tatsächlich den Mut habe, mein bisheriges Leben „aufzugeben", um meinen Traum zu verwirklichen ...
Oh man, ich kann kaum noch schlafen, in den nächsten beiden Wochen muss ich eine Entscheidung treffen..."

Daraufhin habe ich ihr den letzten Montags-Impuls (#8) zum Probelesen geschickt.

Hier ihre Rückmeldung:
„Zunächst möchte ich Dir für den Montags-Impuls, von dem ich gefesselt bin, danken. Das was da steht, spricht mir aus der Seele... gleich habe ich natürlich den Münzwurf angewandt, mit dem Ergebnis, dass ich für das Studium plädiere.... wenn da nicht die vage finanzielle Situation wäre :(.

2 Tage später:
„Ich habe die Entscheidung gestern getroffen – es hat sich so stimmig angefühlt – ich beginne das Studium zunächst auf Teilzeit (Erstsemester) und dann sehen wir weiter.

Selbstverständlich hatte ich den vergangenen Tagen auch oft Zweifel und manchmal auch Angst, ob ich das alles bewältigen kann (jeder Mensch hat nur 24 Stunden zur Verfügung).

Ob es der richtige Weg für mich sein wird, werde ich erst erkennen, wenn ich einen ersten Schritt gewagt habe und sich ein anderer Blickwinkel „im Unbekannten" auftut.

Ein Studium mit 35, welches ich nun zusätzlich neben meiner Arbeit (im Rahmen von Teilzeit) bewältige, ist auch noch mal eine zusätzliche Belastung. Ich denke, unter genau diesen Extrembedingungen wird sich herausstellen, ob mir dieser Traum noch so wichtig ist, alle neuen Herausforderungen auf mich zu nehmen ...

und selbst wenn das Studium aus irgendwelchen Gründen nicht klappt, kann ich hinterher sagen, ich habe es versucht... "

„Hoffnung ist nicht die Überzeugung, daß etwas gut ausgeht, sondern die Gewißheit, daß etwas Sinn hat – ohne Rücksicht darauf, wie es ausgeht."

Václav Havel

Ich wünsche dir eine Woche ohne Reue,
Katja

#10 Deine Lebensbilanz: Wo stehst du?

Eine Leserin fragte mich, wie sie erkennen kann, was sie wirklich will und was ihr wirklich wichtig ist im Leben.

Am Anfang das Ende im Sinn haben

 Eine **Übung**, die mir geholfen hat, meine persönlichen Prioritäten zu erkennen und mein Leben danach auszurichten, teile ich in diesem und dem folgenden Montags-Impuls mit dir.

Falls du die Übung schon kennst, lohnt es sich, diese zu wiederholen. Im Laufe unseres Lebens können sich unsere Motive und Werte, d.h. das „Warum und Wozu das Ganze" wandeln. Daher ist es wichtig, die Weichen im Leben von Zeit zu Zeit nach zu justieren, um diesen veränderten Bedürfnissen für dein Empfinden von Erfüllung und Sinn gerecht zu werden.

Schritt 1: Erstelle deine persönliche Lebensbilanz

Wenn du dich auf den Weg zu deinem Ziel machst, ist es wie bei einem Navigationsgerät hilfreich zu wissen, wo du stehst – als Ausgangspunkt für die nächsten Schritte in die gewünschte Richtung.

Um deinen Standort zu bestimmen, brauchst du ein A4 Blatt Papier, einen Stift, ein Lineal und ca. 30 Minuten Zeit.

1. Nimm' das A4 Blatt hochkant. Ziehe von der linken oberen Ecke ausgehend eine senkrechte und eine waagerechte Linie. Unterteile die Linien jeweils in 10 Abschnitte. Ziehe weitere senkrechte und waagerechte Linien, so dass du 100 Kästchen erhältst.

Jedes Kästchen steht für ein Lebensjahr. Es ist hilfreich, wenn du die Kästchen nummerierst von 1-10 (erste Zeile) 11-20 (zweite Zeile) und so weiter bis 100. Eventuell möchtest du dir auch die Jahreszahlen dazu schreiben.

2. Betrachte dein bisheriges Leben. Durchlaufe noch einmal Lebensjahr für Lebensjahr und notiere dir jeweils die 1-3 wesentlichen Ereignisse:

* Wer oder was hat dein Leben maßgeblich beeinflusst?
* Welche Ereignisse haben dich emotional bewegt?
* Welche Erfahrungen haben dich nachhaltig geprägt?
* Welche entscheidenden Wendepunkte gab es?

Diese Ereignisse und Erfahrungen können z.B. sein:
Geburten, Todesfälle, Ausbildung / Studium, Berufseinstieg, Jobwechsel, Beförderung, Kündigung, Freundschaften, Beziehungen, Heirat oder Scheidung, Umzüge, Reisen und Auslandsaufenthalte, Hobbys, Erfolge, Misserfolge, Krankheiten, gesellschaftspolitische Ereignisse.

Eventuell gibt es Lebensjahre, an die du dich nicht mehr gut erinnern kannst. Dann lasse das Kästchen leer oder notiere dir ein Fragezeichen. Erfasse das Wesentliche. Du kannst deine Lebensbilanz jederzeit ergänzen, wenn dir später etwas Wichtiges einfällt.

3. Dann ziehe eine Linie unter deine bisherigen Lebensjahre.
Die Vergangenheit ist vorbei. Du kannst die Zeit nicht zurückdrehen. Du kannst deine Sichtweise und Einstellung dazu verändern, aber nicht die Ereignisse, die du erlebt hast oder Entscheidungen, die du getroffen hast. Diese haben dich und dein Leben geformt.

4. Wo stehst du momentan in deinem Leben? Auf einer Skala von 0 – 10 (0 – überhaupt nicht, 10 – absolut), wie zufrieden bist du hier und jetzt mit deinem Leben – beruflich und persönlich.

Betrachte diese Lebensbilanz als eine Momentaufnahme.

> „Wer sich in der Lebensmitte fragt: War das schon alles?,
> hat sich für die erste Hälfte zu viel
> und für die zweite zu wenig vorgenommen."
>
> Ernst Reinhardt

Ich wünsche dir eine wohlwollend reflektierende Woche, Katja

#11 Gestalte deine Lebenszeit: Wohin gehst du?

Auch wenn wir es gern verdrängen, es ist unausweichlich:

Unsere Lebenszeit ist begrenzt

Aktuell diskutiert die Bundesregierung, das Renteneintrittsalter auf 70 Jahre zu erhöhen. Fakt ist: Mehr als jeder fünfte Deutsche (22%) würde dieses Renteneintrittsalter nicht erreichen (vgl. Statistisches Bundesamt, Sterbefälle 2005 - 2014).

Ob nun mit 70 oder wie bereits beschlossen mit 67 Jahren:

Arbeitszeit ist Lebenszeit

Das Wochenende allein wird nicht ausreichen, um unser Leben erfüllend zu gestalten (#24). Zumal selbst ich mit Mitte 30 nur noch 1856 Wochenenden erleben würde, falls ich zu den 22% gehören sollte.

Vielleicht ist uns mehr, vielleicht auch deutlich weniger Lebenszeit vergönnt.

 Hast du deine Lebensbilanz (#10) erstellt?
Dann schauen wir jetzt, wohin die **Reise** gehen soll.

Schritt 2: Erkenne deine wahren Lebensziele

1. Ahnst du es schon!? Richtig, ziehe einen dicken fetten Strich quer unter die Zeile, die mit 70 endet. Für den Zweck der Übung ist es dienlich anzunehmen, dass wir bis zu unserem 70. Lebensjahr in der Lage sein werden unser Leben selbstbestimmt zu gestalten.

2. Betrachte nun einfach die verbleibenden Kästchen. Nimm' dir dafür mind. 5 Minuten Zeit und lass' dieses Bild wirken
   Welche Gedanken, Gefühle, Bilder und Impulse tauchen auf?

Nimm' dir die Zeit – möglichst bevor du weiterliest …

Lass' die inneren Impulse wirken …
5 Minuten …
Mach' dir ein paar Notizen …

3. Spüre in dich hinein:

Was ist dir WIRKLICH wichtig in deinem Leben?

Betrachte die drei Ebenen:

- Was willst du **TUN**?
- Was willst du **HABEN**?
- Wer oder wie willst du **SEIN**?

Entwickele daraus deine **3 - 5 Lebensziele** und beschreibe diese möglichst bildlich-emotional in der Gegenwart, so als wären sie bereits eingetreten.

Achte darauf, dass du dein Lebensglück nicht nur auf ein Bein stellst. Ich habe für verschiedene Lebensbereiche (Berufung, Gesundheit, Familie …), die mir persönlich wichtig sind, jeweils ein Leitbild entwickelt.

Diese innere Klarheit über die eigenen Prioritäten hat mir geholfen, meine eigenen Lebensziele auch im Alltag im Blick zu behalten, mein Handeln und meine Entscheidungen danach auszurichten.

Ich wünsche dir eine richtungsweisende Woche,
Katja

#12 Mach' (k)einen Fehler!

Ich lade dich heute zu einem Perspektivenwechsel ein, der dir helfen kann, Entscheidungen leichter zu treffen und ins Handeln zu kommen.

Akzeptiere deine Fehler

Mal ehrlich, …
Wer gesteht sich schon gern einen Fehler ein?
Wer gibt gern zu, dass er etwas nicht weiß?
Wer blamiert sich gern vor anderen?
Du vielleicht? Ich lange Zeit nicht.

Wenn jemand keine Fehler macht, ist das nicht unbedingt ein Zeichen dafür, dass dieser Mensch alles weiß oder kann. Vielmehr bewegt er sich in der Komfortzone, auf vertrautem Terrain …

… oder er tut schlicht und einfach NICHTS.

Nichtstuer machen keine Fehler

Die Angst Fehler zu machen, ist wohl einer der Hauptgründe, der uns davon abhält, Neues auszuprobieren und eigene Wege zu gehen.

Doch innerhalb unserer Komfortzone werden wir unser volles Potenzial nicht entfalten. Zugegeben, dort ist es kuschelig und sicher. Aber oft auch langweilig und wenig lebendig. Dort findet kein Lernen und damit auch keine Entwicklung und kein Wachstum statt.

Hast du schon einmal Kinder beim Laufen lernen beobachtet? Wie oft fallen sie auf den Hosenboden, bevor sie sicher und ohne Hilfe stehen und gehen können?

In diesem Alter sind wir mit dem Konzept des „Scheiterns" noch nicht vertraut. Wir probieren etwas aus und versuchen es immer wieder – solange bis es klappt.

Mit jedem Versuch laufen zu lernen, schulen Kinder ihre Balance und trainieren die Muskulatur. Dabei denken sie nicht daran liegen zu bleiben, aus Angst hinzufallen. Sie fallen hin und stehen wieder auf.

Doch je älter wir werden, desto häufiger verurteilen wir uns für unsere vermeintlichen „Fehler", wenn etwas nicht auf Anhieb klappt. Dabei verpassen wir die Chance zu reflektieren, was darf ich noch lernen oder wie könnte es besser gelingen?

Nur starke Menschen geben Fehler zu.

Tatsächlich steckt das wahre Potenzial von Fehlern im Wort selbst. Hast du die Buchstaben schon mal neu sortiert?
Was entdeckst du da?

Fehler sind HELFER

Wenn wir neue Wege gehen wollen, hilft es sich von den Bewertungen „richtig" und „falsch" zu verabschieden. Um unseren Weg zu gestalten, braucht es den Prozess des Experimentierens – nicht nur gedanklich, sondern durch echtes Erleben. Nur so können wir Schritt für Schritt neue Erkenntnisse gewinnen, was sich für uns stimmig anfühlt und was für uns funktioniert. Wenn wir Neues lernen, dürfen wir uns Fehltritte erlauben, um daraus die Erfahrungen zu sammeln, die uns helfen besser zu werden.

 **Frage dich ...**

- Wo bremst du deine Entwicklung aus Angst, Fehler zu machen?
- Angenommen, du erhältst die Erlaubnis zu „scheitern",
  was würdest du dann gern ausprobieren?

Ich wünsche dir eine fehlerfreundliche Woche,
Katja

#13 Gefühlte Zeit: Eins, zwei, drei … vorbei!

Das Jahr ist schon wieder ein ganzes Stück voran geschritten.

Je älter wir werden, desto schneller scheint die Zeit zu verfliegen. Früher fühlte sich ein Jahr noch wie ein ganzes Jahr an.

Mittlerweile ertappe ich mich immer öfter bei dem Gedanken: „Ist denn schon wieder … (Ostern, Weihnachten …)?"

Gefühlte Zeit

Neben dem Älterwerden und der Alltagsroutine, trägt auch die Schnelllebigkeit unserer Arbeitswelt und Konsumgesellschaft dazu bei, dass wir stets ein Gefühl von „zu wenig" Zeit haben (#4).

Die äußeren Umstände können wir nicht ändern, unser Zeitempfinden schon.

> „Alle Zeit,
> die nicht mit dem Herzen wahrgenommen wird,
> ist verlorene Zeit."
>
> Michael Ende

Je mehr Ereignisse wir bewusst erinnern, desto länger fühlt sich eine Zeitspanne für uns an. Bewusst bleiben uns vor allem neue Erlebnisse und emotional bewegende Momente im Gedächtnis.

Indem wir uns Zeit nehmen, Neues ausprobieren (#37) und besondere Momente emotional wirken lassen oder einfach mal innehalten und die Ereignisse reflektieren, entschleunigen wir unser Leben rückblickend.

Auf der Zeitbremse

Tatsächlich, nachdem ich mir am Wochenende die Zeit genommen habe, kurz zurückzublicken, was ich und wir als Familie in den ersten drei Monaten des Jahres alles erlebt haben, kam mir die Zeit gefühlt länger vor.

Die schönen Erinnerungen, die wir mit unserem kleinen Lebenswunder teilen, geraten viel zu schnell in Vergessenheit, wenn wir immer nur vorwärts streben.

> "Zeit, die wir uns nehmen,
>
> ist Zeit, die uns etwas gibt."
>
> Ernst Ferstl

 **Nimm' dir die Zeit**, die letzten drei Monate Revue passieren zu lassen:

* Was hast du erlebt?
* Was hast du erreicht?
* Was hast du zum ersten Mal (seit langer Zeit) getan?
* Was waren deine persönlichen „High- & Lowlights"?
* Was lernst du daraus?
* Wofür möchtest du dir im kommenden Quartal mehr Zeit nehmen?
* Wann?

Trage dir diese Termine direkt im Kalender ein.

Ich wünsche dir eine entschleunigte Woche,
Katja

#14 Selbstzweifel: Ich bin nicht gut genug. Na und?

Kennst du dieses kleine Männchen im Ohr, das jeden deiner Schritte mit Selbstzweifeln kommentiert. Das deine Veränderungsvorhaben mit hochgezogener Augenbraue kritisch beäugt. Das alarmiert mit dem erhobenen Zeigefinger winkt, wenn du eine vermeintliche Grenzen überschreitest.

Willkommen im Club der anonymen Selbstzweifler

Besonders dann, wenn wir unsere Komfortzone verlassen, wenn wir etwas wollen, uns aber nicht (selbst ver-) trauen, wird unser innerer Kritiker laut:

Das kannst du nicht.
Was bildest du dir ein, wer du bist?
Du bist nicht gut genug.

...

Bedürftig richten wir unser Ohr nach Außen zu den Menschen in unserem Umfeld, mit dem Wunsch nach Anerkennung und Wertschätzung. Doch was wir zu hören bekommen, ist oft der Widerhall unserer eigenen Zweifel.

Angezogene Handbremse

Letztens hatte ich ein Gespräch mit meiner Bekannten Andrea. Sie hat sich in der „Lebensmitte" dazu entschieden, ihren Traum zu verfolgen: Auf der Bühne stehen als Comedian, Schauspielerin und GROSSES Model.

Ich war beeindruckt von ihrem Drive. Davon, wie viele Türen und Möglichkeiten sie sich innerhalb kürzester Zeit mit ihrer Entschlossenheit eröffnet hatte. Dann sagte sie zu mir:

„Katja, jetzt mache ich endlich das, was ich wirklich will. Wenn da nur nicht diese verdammten Selbstzweifel wären."

Na und?

Warum hacken wir immer auf unseren Selbstzweifeln rum?
Warum „verteufeln" wir unseren inneren Kritiker?
Warum machen wir diese Gedanken verantwortlich für die angezogene Handbremse oder unser Nicht-Handeln?

Noch immer empfehlen viele Ratgeber positives Denken und Affirmationen, um den Selbstzweifeln zu begegnen:

Ich bin schön, schlank, erfolgreich, ...
… BlaBlaBla.

Ziel ist es, das eigene Denken durch häufige Wiederholung umzuprogrammieren.

Ich persönlich halte von diesen „Techniken" gar nichts, weil wir die Selbstzweifel so nur verdrängen und sogar nähren, wenn wir uns nicht so annehmen können, wie wir sind. Während wir sehr guten Freunden mit Liebe, Wohlwollen, Nachsicht und Bestärkung begegnen, haben wir für uns selbst oft wenig Güte übrig.

Nutze deine Selbstzweifel

Angenommen, deine Selbstzweifel hätten eine **positive Absicht** …
Wozu dienen sie dir?

Könnte es sein, dass sie …
… dich schützen vor einem zu großen, riskanten Schritt?
… dich prüfen, ob du etwas wirklich willst?
… dich unterstützen, dich weiter zu entwickeln?
… dich auffordern, über dich hinaus zu wachsen?
… dich leiten, um deinen ganz eigenen Weg zu gestalten?

Andrea war kurz nach unserem Gespräch auf einem Workshop. Die Workshop-Leiterin zerriss ihren Text in der Luft. Ein anderer Teilnehmer meinte sogar: „Über Frauen aus Sachsen lacht man nicht."

Mit dem Einverständnis von Andrea darf ich hier ihre Erfahrungen mit dir teilen:

„Ich saß in meiner Pension und weinte vor mich hin. Normalerweise wäre ich abgereist. Am ersten Tag! Da fielen mir zum Glück deine Worte ein und ich habe meine Zweifel genutzt mich zu motivieren.

Ich wollte allen zeigen, was ich im Stande bin in einer Nacht zu leisten. Ich habe die ganze Nacht an einem neuen Text gearbeitet. Und gelernt. Am nächsten Morgen habe ich alle überrascht. Mich selbst am meisten

... Ohne deine Worte wäre ich unverrichteter Dinge gefahren. "

Niemand wird als Meister geboren

... auch nicht als Mutter oder Vater, Führungskraft, UnternehmerIn, Bestseller-AutorIn, SchauspielerIn, Comedian ...

Wir wachsen in diese Rollen und die damit verbundenen Aufgaben hinein – Schritt für Schritt. Logisch, dass wir am Anfang unseres Weges NOCH NICHT gut genug sind.

Daher lautet mein Mantra bei Selbstzweifeln:

„Ich bin eine Meisterin, die übt. "

Jwala Gamper

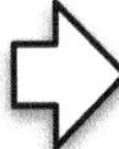 **Frage dich ...**

- Wo steht dir momentan dein Selbstzweifler im Weg?
- Welche positive Absicht erkennst du dahinter?
- Wie kannst du deine Selbstzweifel konstruktiv nutzen?

Ich wünsche dir, dass du deine Selbstzweifel in dieser Woche liebevoll annehmen kannst,
Katja

#15 Bist du in deinem Element?

Die **Pinguin-Geschichte** stammt ursprünglich von Eckart von Hirschhausen[4]. Sie veranschaulicht, warum es entscheidend ist, dass du dich in deinem Element bewegst. Ich habe sie ein wenig abgewandelt ...

Ein Pinguin unter Giraffen

Durch Menschenhand hatte sich der kleine Pinguin in die Steppe verirrt. Er lebte inmitten von Giraffen. Früh bemerkte der kleine Pinguin, dass er anders war. Doch er glaubte, die Giraffen wären die besseren Lebewesen. Sie waren groß und schlank. Sie bewegten sich grazil und anmutig in ihrem Terrain. Insgeheim bewunderte er die Giraffen dafür, wie sie sich offensichtlich für das, was sie tagtäglich taten, begeistern konnten und wie leicht es ihnen fiel.

So bemühte sich der Pinguin tagein tagaus so gut wie die Giraffen zu sein. Doch mit der Zeit kostete ihn das immer mehr Kraft und Energie. Der kleine Pinguin empfand wenig Freude und Interesse an dem, was eine gute Giraffe den lieben langen Tag so tut. Er wurde zunehmend traurig und gleichgültig. Er zog sich immer mehr zurück.

Auf dem Weg zu sich selbst

Eines Tages verspürte der kleine Pinguin eine tiefe Sehnsucht nach Zugehörigkeit. Einem Impuls folgend, wendete er sich von der Steppe ab und begab sich auf eine Entdeckungsreise.

Sein Weg führte zum Südpol. Dort begegnete er anderen Pinguinen. Er hatte unmittelbar ein Gefühl der Vertrautheit. Der kleine Pinguin beobachtete die anderen, wie leichtgängig sie sich im Wasser fortbewegten und mit wie viel Spaß sie bei der Sache waren.
Der Funke der Begeisterung war entfacht.
Die Neugierde war größer als die Angst.
Er wagte den Sprung ins kalte Nass.

... und war überrascht wie leicht und selbstverständlich er sich im Wasser vorwärts bewegen konnte.

Ein tiefes Gefühl der Freude erfüllte den kleinen Pinguin.
Er war in seinem Element angekommen.

Die Essenz dieser Geschichte

Auch wenn wir über eine hohe Anpassungsfähigkeit verfügen, Menschen ändern sich nur selten komplett und grundsätzlich. Unsere Einzigartigkeit und unser Wert für andere liegen in unseren natürlichen Begabungen, Interessen und Vorlieben.

Sei du selbst!

Damit sich unser Potenzial entfalten kann, braucht es die passende Umgebung. Bleib' als „Pinguin" nicht in der Steppe. Gestalte dein Umfeld entsprechend deiner Bedürfnissen (#42).

Bewege dich in deinem Element!

 **Frage** dich …

- In welchem Umfeld und mit welchen Menschen kannst du DU SELBST sein?
- Welchen konkreten Schritt kannst du diese Woche unternehmen, um deine Umgebung passender zu gestalten?

Ich wünsche dir eine elementare Woche,
Katja

#16 Suchst du noch ... oder gestaltest du schon?

Es gibt Menschen, die schon von klein auf wissen, was sie werden wollen. Und es gibt Menschen wie mich ... und vermutlich auch dich.

Bis auf die üblichen „Mädchen-Traumjobs" wie Tänzerin, Sängerin und Eiskunstläuferin hatte ich keinen blassen Schimmer, womit ich meine Brötchen verdienen möchte. Noch dazu empfand ich mich (meinem damaligen multitalentierten Freund sei Dank) als „talentbefreit".

Also habe ich den vermeintlich sicheren und vernünftigen Weg eingeschlagen: ein BWL Studium, mit dem ich mir alle Türen offen hielt. Meine „Brötchen" und einiges mehr konnte ich mir in den folgenden Jobs leisten. Doch mir fehlte der Sinn in meiner täglichen Arbeit.

> „Die Straße des geringsten Widerstandes
> ist nur am Anfang asphaltiert."
>
> Hans Kasper

Ich fragte mich: Wofür das Ganze?
Ist das, was ich tue, wirklich das, was ich tun möchte?
Ist das, was mich erfüllen soll, tatsächlich das, was mich erfüllt?

Dann stolperte ich über einen Ratgeber zum Thema Berufung. Von diesem Zeitpunkt an verspürte ich den dringenden Wunsch, meine Berufung zu FINDEN.

Suchen

Nenne es, wie du willst: Berufung, Bestimmung, Lebensaufgabe ... Ich hatte die Vorstellung, dass irgendwo eine Art „fertiges Produkt" darauf wartet, von mir entdeckt zu werden.

Ich wollte meine Berufung finden. Also bin ich auf die Suche gegangen. Ich habe zig Bücher mit diesem oder ähnlichen Versprechen gelesen, Seminare besucht und auf den Moment der Erleuchtung gewartet. Der Moment, in dem sich der Nebel lichtet (#7) und meine Berufung glasklar vor mir erscheint.

Ich kann dein Bedürfnis, ENDLICH deine Berufung zu FINDEN, daher sehr sehr sehr gut nachempfinden. Und dennoch WILL ich dich hier und heute ENT-TÄUSCHEN.

Die Erkenntnis

Dieses fertige Produkt namens Berufung gibt es nicht. Wie auch?

Ich bin davon überzeugt, dass deine Berufung durch dich erst entsteht. Wie ein Samenkorn, das aufgeht. Du trägst eine einzigartige Kombination aus natürlichen Begabungen, individuellen Interessen und persönlichen Vorlieben, wegweisenden Werten und auch prägenden Lebensumständen und Erfahrungen in dir … die vielseitigen Facetten, die deine Persönlichkeit auszeichnen und dich von anderen unterscheiden.

> Jeder Mensch ist anders.
> Kein Mensch gleicht dir.

Oder hast du je wieder eine Person wie Mutter Teresa, Gandhi, Nelson Mandela, Albert Einstein oder Martin Luther King gesehen?

Das heißt: Ohne dich kommt deine Berufung, dein Beitrag zum Ganzen, nicht in diese Welt.

Klar, zwei Menschen können den gleichen Beruf haben. Aber die Art und Weise, wie sie diese Tätigkeit ausfüllen und warum sie tun, was sie tun, kann sich grundlegend unterscheiden.

Gestalten

Entgegen den Versprechen vieler Ratgeber, glaube ich nicht, dass wir unsere Berufung finden können. Ich glaube daran, dass wir sie GESTALTEN – Schritt für Schritt, Tag für Tag.

Das „Endprodukt" ist deshalb NOCH nicht sichtbar, weil es außerhalb deines aktuellen Vorstellungsvermögens liegt (#31).

Es basiert nicht nur auf deinen Qualifikationen und Erfahrungen aus der Vergangenheit oder dem heutigen Stand deiner Kenntnisse und Fähigkeiten. Sondern es formt sich mit jedem weiteren Schritt und jeder weiteren Erfahrung, die du auf deinem Lebensweg sammelst.

Durch dich kommt eine Qualität ins Leben und in diese Welt, die kein anderer Mensch auf diese Art und Weise kopieren kann.

 Die **Frage** ist,

… bist du dir deiner Qualitäten – natürlichen Begabungen und Fähigkeiten bewusst?
… nimmst du deine eigenen Bedürfnisse ernst?
… folgst du deiner Freude und Begeisterung?
… lebst du entsprechend deiner Werte?
… erlaubst du dir anders als andere zu sein?
… bist du bereit für deine Überzeugungen trotz widriger Umstände einzustehen?
… hast du den Mut für den nächsten Schritt?

Der viel zitierte „Ruf" in Be-RUF-ung kommt nicht von irgendwoher, sondern ist die innere Stimme, die dich daran erinnert, dein Potenzial in die Welt zu bringen.

Ich wünsche dir eine augenöffnende Woche,
Katja

#17 Motivation? Egal wohin, Hauptsache weg!

Zu oft die Schlummertaste gedrückt …
Hektisch alles zusammengepackt …
Das Frühstück und den Kaffee „to go" mitgenommen …
Stockender Verkehr auf dem Weg zur Arbeit …
Der erste Blick in deine Emails …
… und da ist es wieder dieses Gefühl …

Egal wohin, Hauptsache WEG !!!

Möchtest du manchmal alles hinschmeißen und einfach abhauen?

„Weg von …"

… ist ein natürlicher Fluchtreflex und für viele die Motivation, um die unbefriedigende Komfortzone ENDLICH zu verlassen.

Doch wenn du überstürzt die Zelte abbrichst und gehst – sei es aus einem ungeliebten Job oder einer unbefriedigenden Beziehung – läufst du Gefahr, dass sich nur ein kurzweiliges Gefühl der Verbesserung einstellt. Im ersten Moment fühlst du dich erleichtert. Doch spätestens wenn die Euphorie über diesen mutigen Schritt nachlässt, stellt sich wieder die Frage: **Wohin** mit mir?

Meist fällt es uns leichter zu sagen, was wir nicht wollen. Allerdings begeben wir uns mit dieser „weg-von" - Denke in das Meer der unendlichen Möglichkeiten (#43), in dem wir orientierungslos durch die Zeit treiben … bis die Geduld oder das finanzielle Polster aufgebraucht sind.

Wenn der (emotionale) Druck steigt, zieht es viele zurück ins Altbekannte und Vertraute. Zurück in die „Komfortzone", obwohl es sich da zuletzt gar nicht so bequem angefühlt hatte.

Wo ist dein Fokus?

Solange du deine Aufmerksamkeit auf das richtest, was du nicht willst, kannst du kein Leben gestalten, das dir „schmeckt".

Wenn du etwas kochen willst und in den Supermarkt gehst, schreibst du ja auch nicht die Zutaten auf deinen Einkaufszettel, die du nicht magst. Vermutlich wäre das Gericht, was dabei raus käme, ganz und gar nicht nach deinem Geschmack.

„Hin zu ...“

Wann immer du merkst, dass deine Gedanken um negative Bilder kreisen, frage dich: Was wünsche ich mir **stattdessen**?

Statt der üblichen Schwarzmalerei, versuche dich einmal an einer positiven Vision – von diesem Tag, dieser Woche, deinem Leben (#11).

> „Man kann dir den Weg weisen,
> gehen musst du ihn selbst.“
>
> Bruce Lee

Du scheust dich davor, weil du Angst hast, dass deine Erwartungen enttäuscht werden?

Erwartung kommt von WARTEN

... dass etwas oder jemand zu dir kommt.
... dass andere etwas tun.
... dass sich die Dinge von selbst regeln.

Genug gewartet!

Überlege dir, welchen kleinen, konkreten Schritt du unternehmen kannst, um den Tag, die Woche, ... das Leben nach deinem Geschmack zu gestalten. Und dann leg' los!

Ich wünsche dir eine „hin-zu“-motivierte Woche,
Katja

#18 Vierundvierzig Fragen zum Tag der Arbeit

Wir lieben Antworten.

Fragen sind unbequem.
Fragen offenbaren Unsicherheiten.
Fragen wecken Zweifel und Bedenken.
...
Fragen laden uns dazu ein, eigene Antworten zu finden.
Fragen regen zum selber, anders und weiter denken an.
Fragen öffnen den Geist.

 Ich möchte den „Tag der Arbeit" zum Anlass nehmen, um dir **44 Fragen** zu deinem Bild von Arbeit zu stellen:

1. Welche 6 Begriffe assoziierst du spontan mit Arbeit? (#20)
2. Mit welchem Gefühl beantwortest du die Frage: Was machst du?
3. Wie viele Stunden am Tag arbeitest du produktiv?
4. Arbeitszeit = Lebenszeit. Was bedeutet „Work-Life-Balance" (#24)?
5. Was wolltest du als Kind werden, wenn du groß bist?
6. Welche Schulfächer haben dich auf die Arbeitswelt vorbereitet?
7. Arbeitest du in dem Beruf, den du ursprünglich erlernt hast?
8. Engagiert, Dienst nach Vorschrift oder innerlich gekündigt – wo würdest du dich momentan einordnen?
9. Warum bist du heute Morgen aufgestanden?
10. Dient die Wirtschaft dem Menschen oder der Mensch der Wirtschaft?
11. Wie viel oder wenig brauchst du, um dich finanziell unabhängig zu fühlen? (#27)
12. Welchen Rat würdest du einem Schulkind für die Berufswahl mit auf den Weg geben?
13. Passt dein Job zu dir / deinem Leben oder passt du dich / dein Leben deinem Job an?
14. Wo bist du in deinem Element? (#15)

15. Wenn du deine Arbeitszeit nach deinem Biorhythmus gestalten könntest, was würdest du verändern?

16. Wie willst du in Zukunft arbeiten?

17. Wie könnte dein heutiger Job in 10 Jahren aussehen?

18. Was ist deine persönliche Definition von Erfolg? (#49)

19. Wer bist du ohne deine Arbeit?

20. Welche Menschen inspirieren dich?

21. Welches Bild von Arbeit vermittelst du deinen Kindern / deinem Umfeld?

22. Müssen wir uns entscheiden: Kind und/oder Karriere?

23. Warum bist du die beste Besetzung für deinen Job?

24. Wem dienst du, wenn du dein Geld verDIENST?

25. Wer hat deinen Berufsweg geprägt?

26. Ist der 8-Stunden-Tag noch zeitgemäß?

27. Selbstständig = selbstbestimmt!?

28. Was schätzen deine Kollegen an dir und deiner Arbeit? (#39)

29. Wofür arbeitest du?

30. Angenommen du erhältst 1.000 EUR bedingungsloses Grundeinkommen (#27) im Monat, was würde das für dich persönlich und beruflich verändern?

31. Wenn das Recht auf Arbeit ein Menschenrecht ist, warum hadern so viele mit der Arbeit?

32. Welche Idee(n) würdest du sofort umsetzen, wenn du die Zeit, das Geld und Mitstreiter hättest?

33. Wie(viel) investierst du in deine Altersvorsorge – finanziell und gesundheitlich (#11)?

34. Was wartet häufiger auf dich: die Arbeit oder das Leben?

35. Welches Tier repräsentiert deinen Arbeitsstil?

36. Wer trägt die Verantwortung für deine berufliche Weiterentwicklung?

37. Wer finanziert deine berufliche (Weiter-)Bildung?

38. Wenn du neu anfangen könntest, was würdest du anders machen?

39. Woran erkennst du, dass es Zeit für dich ist, etwas ander(e)s zu machen?

40. Unter uns: Schätzt du den Wert dessen, was du mit deiner Arbeit bewirkst, höher oder niedriger als dein Gehalt (= Wertausgleich) ein?

41. Was sind deine persönlichen Lebensziele? (#10 / 11)

42. Was ist dein nächster Schritt auf deinem Berufs- und Lebensweg?

43. Was ist dir beim Beantworten der Fragen bewusst und/oder klarer geworden?

44. Welche Frage(n) stellst du dir nach all diesen Fragen?

Jongliere nicht nur lose Gedanken im Kopf.
Bringe deine Antworten zu Papier.

Vielleicht fragst du dich beim Beantworten:
Was ist richtig, was ist falsch?
Was ist besser, was ist schlechter?
Oder du richtest den Blick auf andere, dein Umfeld oder die Gesellschaft, um EINE Antwort zu finden.

Erlaube dir DEINE Antworten auf die wichtigen Fragen des Lebens zu zu finden.

„Dein Leben ist so bunt,
wie du dich traust es auszumalen."

Unbekannt

Ich wünsche dir eine fragwürdige Woche,
Katja

#19 Gelassenheit. Sich aufregen, kann jeder

Sicherlich hast du schon einen dieser Momente erlebt:

- Du bist in Eile … da kippt dir der Frühstückskaffee über das frisch gebügelte Hemd oder deine Bluse.
- Die Tür fällt ins Schloss … dein Schlüssel liegt noch drin.
- Du hast einen Termin … doch deine Bahn lässt auf sich warten.
- Du findest endlich einen Parkplatz … da parkt kurz vor dir ein anderes Auto ein.
- Du stehst am Gepäckband, das seine Kreise dreht … von deinem Koffer ist weit und breit nichts zu sehen.

Der Tag ist gelaufen.

Du regst dich auf … gehst an die Decke … schimpfst über dich, Gott und die Welt … die Emotionen kochen über … du lässt deinem Ärger und deiner Wut freien Lauf … Von der Ruhe selbst keine Spur.

Wir fühlen uns ohnmächtig und hilflos. Wir haben das Gefühl, dass die Situation, der Mensch oder das Leben außer (unserer) Kontrolle geraten. Es ganz und gar nicht so läuft, wie wir uns das vorstellen.

GELASSENHEIT

Gelassenheit hat viel mit LASSEN zu tun: WEGlassen … ZUlassen … LOCKERlassen … GESCHEHENlassen … LOSlassen … FREIlassen … Die Dinge und Menschen, so SEIN lassen, wie sie sind.

Was dir passiert oder wie andere sich verhalten, das kannst du nicht immer beeinflussen, die Wahl deiner Re-Aktion schon (#32).

Der einfache Weg ist es, sich aufzuregen, lautstark um sich zu schlagen, den Emotionen freien Lauf zu lassen, anderen die Schuld zu geben und die Scheuklappen aufzusetzen. Das erfordert keinerlei Selbstreflexion oder Selbstbeherrschung.

Sich aufregen ist total menschlich, aber weder hilfreich noch gesund.

ES GEHT AUCH ANDERS

Mach' dir bewusst, dass du nicht impulsiv reagieren musst, sondern entscheiden kannst.

Bevor du etwas erwiderst, tritt kurz innerlich einen Schritt zurück. Atme in Ruhe tief durch. Nimm' dir dafür die Zeit – egal ob du gerade in Eile bist oder sich die Ereignisse und Worte überschlagen.

Am Anfang der Gelassenheit steht die Selbstbeherrschung und Kontrolle der eigenen Emotionen. Allerdings kann diese Strategie nach hinten losgehen, wenn wir unsere Emotionen nur unterdrücken und zurückhalten. Dann suchen sich diese aufgestauten Gefühle einen anderen Ausdruckskanal, z.B. über den Körper - angespannte Schultern, „zugeschnürte" Kehle, Magenschmerzen … Der innerliche Druck wächst. Irgendwann explodieren wir – unangemessen.

Wahre Gelassenheit ist weniger eine Frage des Verhaltens, sondern der inneren Einstellung.

ÜBERNIMM DIE VERANTWORTUNG

Mir hat folgender Perspektivenwechsel geholfen: Anstatt mir zu sagen DIES, DER oder DAS regt mich auf, mache ich mir bewusst:

ICH rege mich auf … aus meinem Blickwinkel auf die Dinge, mit meinem Wahrnehmungsfilter und den damit verbundenen Bewertungen.

Wenn ich die VerANTWORTung für meine Gefühle zu mir zurückhole, kann ich bewusst reflektieren und eine bessere Entscheidung treffen, wie ich in dieser Situation antworte. Ich bleibe handlungsfähig und erkenne, dass meine Antwort auch ruhig, humorvoll oder souverän ausfallen kann.

Das ist nicht der leichte Weg, aber er kostet meist viel weniger Energie als das emotionale Drama.

Ich wünsche dir eine gelassene Woche,
Katja

#20 Mindset-Check: Wie denkst du darüber?

Heute teile ich eine schnelle und einfache Methode mit dir, wie du dir deiner Gedanken bewusst werden und neue Klarheit gewinnen kannst.

Gedanken im Überfluss

Hast du schon einmal versucht, zu meditieren?
Dann wirst du das festgestellt haben, was zahlreiche Studien belegen:

Wir denken ständig.

Im Schnitt gehen jeden Tag 60.000 Gedanken durch unseren Kopf. Nur ein Bruchteil davon ist uns bewusst.

Unser Denken ist Ursprung des Handelns

Je nachdem, ob du innerlich davon überzeugt bist, dass du etwas schaffen kannst, wirst du es angehen oder bleiben lassen.

Wenn du (noch) glaubst, dass …
* Arbeit eine anstrengende Tätigkeit ist.
* erst die Arbeit, dann das Vergnügen kommt.
* du mit dem, was dir Spaß macht, kein Geld verdienen kannst.
* deine Träume nur Hirngespinste sind.
* du sowieso nicht in der Lage bist, dein Leben zu verändern.

… wirst du nicht losgehen und deine Berufung gestalten.

Das wäre Energieverschwendung, da deine Denkmuster dich auf Schritt und Tritt sabotieren würden. Durch diesen Filter nimmst du bevorzugt die Informationen und Eindrücke wahr, die dich in deiner Haltung bestätigen. Dadurch trägst du mit deiner Erwartungshaltung dazu bei, dass sich die Prophezeiung selbst erfüllt.

Dein Mindset-Check

 Diese **Übung** hilft dir spielerisch (unbewusste) Denkmuster zu erkennen, um negative, blockierende Gedanken durch positive, förderliche Gedanken zu ersetzen.

1. Schreibe ein Thema, dass dich aktuell beschäftigt in GROSS-BUCHSTABEN mittig auf ein Blatt Papier, z.B. Berufung, Traum-job, Erfolg, Geld, Motivation, Arbeit, Beziehung …

2. Gehe dann Buchstabe für Buchstabe durch und finde jeweils einen oder mehrere Begriffe, die mit diesem Buchstaben beginnen und die du mit dem Thema verbindest. Das können Substantive, Verben oder Adjektive sein. Denke nicht lange darüber nach. Sei ehrlich mit dir und folge deinem ersten Impuls aus deiner momentanen Stimmung heraus. So entfaltet diese Übung den größten Aha-Effekt.

3. Betrachte die Assoziationen als Ausdruck deiner inneren Haltung und (unbewussten) Denkmustern zum Thema.

4. Gehe Wort für Wort durch: Welche Assoziationen bestärken dich? Was fühlt sich weit und frei an? Bei welchen Assoziationen spürst du deutlich, dass sie dich einengen und blockieren?

Beobachte im Alltag, welche Wirkung sich entfaltet, wenn du dir dieser Gedanken bewusst bist. Entscheide dich bewusst für aufbauende und förderliche Gedanken.

Ich wünsche dir eine Gedanken-klärende Woche,
Katja

#21 Frosch zum Frühstück: Aufschieberitis adé!

Hast du ein Iphone?
Nimm' es in die Hand.
Doppelklicke auf die Home-Taste.
Wie viele Programme hast du gerade geöffnet?

Jedes dieser Programme zieht Energie, auch wenn du es gerade nicht
nutzt … genauso wie die unerledigten Dinge auf deiner (gedanklichen)
To Do Liste.

Sie vereinnahmen dein Denken.
Der Kopf ist voll.
Der „Akku" schneller leer.

Um Energie zu sparen, ist es wichtig, diese „offenen Schubladen" regelmäßig zu schließen. Beim Iphone erledigst du das einfach mit einem
„Wisch". Ganz so einfach ist es im Alltag leider nicht.

Die Dinge, die wir aufschieben, gehören selten zu unseren Lieblings-
aufgaben.

… der unangenehme Anruf …
… der technische Defekt …
… der lästige Behördengang …
… die schwierige Entscheidung …

Jeder hat seine persönlichen „Frösche" – die Aufgaben, vor denen wir
uns drücken, solange bis es kein Entkommen mehr gibt.

> „Nicht weil es schwer ist, wagen wir es nicht,
> sondern weil wir es nicht wagen, ist es schwer."
>
> Lucius Annaeus Seneca

Wenn die Frist näher rückt oder dir kein Ausweg mehr bleibt
… geht's dann doch.

 Lass' uns der Aufschieberitis mit folgender **Übung** gemeinsam entgegen wirken:

1. Schreibe auf ein Blatt Papier „Ich sollte / müsste …" und eine Liste mit all den unerledigten Aufgaben.
2. Streiche das „sollte / müsste" und ersetze es durch „Wenn ich wirklich wöllte, könnte ich …"

Dann beginne, die „offenen Schubladen" zu schließen:

Streiche … alle Punkte auf deiner Liste, die du nicht tun WILLST und die bei genauerer Betrachtung auch nicht (lebens-)notwendig sind. Gestatte dir Mut zur Lücke. Lerne rechtzeitig „Nein" statt „Vielleicht" zu sagen.

Erledige … die schwierigste Aufgabe – den „Frosch" – als erstes und sofort „zum Frühstück". Wenn es sich um eine größere Sache handelt, teile den Frosch in kleine, verdaubare Häppchen, aber fang' an, ihn zu verspeisen. Je früher am Morgen, desto mehr Energie bleibt für den Rest des Tages.

Delegiere … Aufgaben, die dir Zeit und Nerven rauben und/oder jemand anderes (besser) erledigen kann. Wenn es sein muss, nimm' dafür etwas Geld in die Hand. Sei es dir wert!

Irgendwann einmal … falls es Punkte gibt, die du tun willst, für die dir aber momentan die Zeit und das Geld fehlen, schreibe diese auf die „irgendwann einmal" Liste und schließe vorläufig diese Schublade. Schaue einmal im Quartal welche zwei bis drei Punkte du angehen willst. Wenn ein Punkt länger auf der Liste bleibt, verabschiede dich davon (streichen!)

Lass' dir in dieser Woche die Frösche „schmecken",
Katja

P.S. Seit ich Mama bin lautet mein Mantra: **Better done than perfect.**

#22 Es geht nicht voran! Komme wieder in Schwung

Kennst du das?

Du hast ein Ziel vor Augen.
Es ist konkret und klar, was du erreichen willst.
Du hast definiert, woran du erkennst, dass dein Ziel erreicht ist.
Natürlich ist das Ziel positiv, also „hin zu" formuliert.
Herausfordernd, aber machbar.
Und mit einem Termin zeitlich befristet.

Die üblichen **SMART-Kriterien**, welche die Umsetzung deiner Ziele erleichtern sollen, sind abgehakt.

Du hast dir sogar bildhaft in allen Facetten ausgemalt, wie es sein und sich anfühlen wird, wenn deine Aufgabe erfüllt ist und du am Ziel ankommst (= eine Technik aus dem Mentaltraining).

…

Doch es geht einfach nicht voran.
Du hängst fest.
Drehst dich im Kreis.

Stillstand

Die Montags-Impulse waren zu einer lieb gewonnenen, wöchentlichen Routine geworden. Also wollte ich den nächsten Schritt wagen: Einen eigenen Blog aufbauen.

Seit drei Jahren ging ich mit diesem Vorhaben „schwanger". Damit der Blog endlich das Licht der Welt erblickt, war dieses Projekt eines meiner Jahresziele für 2016.

Aber wie gesagt … es ging nicht voran.

Hier die fünf Schritte, die mir geholfen haben, raus aus dem Stillstand und zurück in den Flow zu kommen:

1. Halte inne und atme durch

Egal wie sehr dich die Zeit gerade auf der Zielgeraden drängt. Verfalle nicht in blinden Aktionismus im Sinne von „viel bringt viel". In dieser Situation ist weniger mehr. Druck erzeugt Gegendruck und kostet unglaublich viel Energie.

Anstatt wild gegen den Strom zu paddeln, halte inne. Akzeptiere den Stillstand. Atme tief durch. Gönn' dir eine Pause und gewinne Abstand, um auf neue Ideen zu kommen und Energie für den nächsten Schritt zu tanken (#1).

Lass' dein Ziel los. Je nachdem wie lang es braucht – eine Stunde, einen Tag, eine Woche … bis du den inneren Impuls verspürst weiterzumachen.

Wenn dieser Impuls nicht kommt, dann verfolgst du womöglich ein Ziel, das du (zumindest auf diesem Weg) nicht wirklich erreichen willst.

2. Frage dich: Wofür ist dies eine Gelegenheit?

Wenn etwas nicht so voran geht, wie du es dir wünschst, dann kann das ein Zeichen dafür sein, dass es noch einer inneren Klärung bedarf. Oder dass du etwas außer Acht gelassen hast.

Ich hatte mir eingebildet, dass sich mein Blog (jetzt wo ich selbst Mama bin) an berufstätige Mütter richten soll, die sich mit Familie selbst verwirklichen wollen. Dank einer einfachen Coaching-Übung (#20), ist mir klar geworden, dass ich großen Respekt davor habe, mich auf dieses heiße Terrain zu begeben. Außerdem wollte ich meine treuen Leser, die keine Familie und Kinder haben, nicht abhängen.

Also habe ich entschieden (klare Zielgruppenansprache hin oder her), dass die Selbstverwirklichung im Vordergrund steht, ob diese nun mit Partner und Familie, Wohnort oder Reisefieber, Bankkonto, Hund oder sonst was vereinbar sein soll … überlasse ich dir.

3. Suche dir Gleichgesinnte

Selbst und ständig … das wird jedem Existenzgründer vermittelt. Doch ich bin nicht allein auf mich gestellt. Das darf ich mir immer wieder bewusst machen und um Hilfe bitten (#45).

Ich habe mir zwei liebe Menschen gesucht, die gerade auf einem ähnlichen Weg wie ich unterwegs sind. Wir tauschen uns alle ein bis zwei Wochen zum aktuellen Stand aus, teilen unser Wissen und unsere Erfahrungen, geben uns neue Impulse und Feedback, informieren uns über die nächsten Schritte und setzen uns kleine Ziele für das nächste Treffen oder Telefonat.

Meist komme ich erst kurz vorher dazu, meine Aufgaben ansatzweise umzusetzen. Aber für mich sind die Termine eine hilfreiche Motivation. Aus jedem Austausch gewinne ich neuen Schwung für die nächsten Schritte.

4. Übernimm' die volle Verantwortung

Es gibt viele gute Gründe, die dich davon abhalten, weiter zu gehen. Angefangen bei „Mir fehlt die Zeit" (#4) über „Ich bin nicht gut genug" (#14) bis hin zu „Jemand anderes ist schuld" (#32).

Ich hatte die beste „Ausrede" der Welt: Mika. Dieses kleine Wunder, das unser Leben seit einem viertel Jahr (er)füllte. Aber ehrlich gesagt hatte Mika keine Lust, meine Ausrede zu sein. Gerade in den ersten Wochen schlummerte er stundenlang friedlich vor sich hin. Er war mein persönlicher Impulsgeber, dieses Schreib-Projekt zu starten. Also schenkte er mir täglich mindestens zwei, drei Stunden Zeit, die ich meinem Ziel widmen konnte (oder anderen Dingen – je nachdem, was mir an dem Tag wichtiger war).

5. Mach' es kleiner und erreichbarer

Das war für mich die wertvollste Erkenntnis, um raus aus dem Stillstand und zurück in den Flow zu kommen. Womöglich glaubst du innerlich nicht daran, dass du dein großes Ziel erreichen kannst und sabotierst dich dadurch selbst.

Unterteile deinen Weg zum Ziel in kleine, greifbare Schritte. (#7)

Ich wollte mich meinem Traum, ein Buch zu schreiben, über einen Blog annähern. Als das nicht funken wollte, habe ich es noch kleiner gestaltet. So erschienen die Montags-Impulse zunächst als Email-Newsletter. Erst dadurch kam der Stein „regelmäßig zu schreiben" ins Rollen.

Der Email-Newsletter war leicht umsetzbar. Die Gedanken und Worte sprudelten und die Resonanz meiner Leser bescherte mir jeden Montag einen beschwingten Start in die neue Woche. Ich habe mehr Vertrauen in meine Ideen und Schreibkünste gewonnen und entwickele diese kontinuierlich weiter.

Auf dem Weg zum Blog habe ich immer dann, wenn ich gemerkt habe, dass ich eine Aufgabe nicht bewältigt bekomme, diese in kleinere und verdaubare Häppchen runter gebrochen – darunter einige „Frösche". (#21)

So bin ich raus aus dem Stillstand und Schritt für Schritt vorangekommen ... Mittlerweile hältst du die Montags-Impulse sogar als Buch in deinen Händen.

> „Fürchte dich nicht vor dem langsamen Vorwärtsgehen,
> fürchte dich nur vor dem Stehenbleiben."
>
> Weisheit aus China

Was brauchst du für deinen nächsten Schritt?

Ich wünsche dir eine schwungvolle Woche,
Katja

#23 Selbstverwirklicher sind Egoisten

Bist du mit deinem Leben, so wie es ist, zufrieden?

Die meisten Menschen sind es nicht.
Sie führen nicht das Leben, das sie sich wünschen.
Sie sagen „Ja", wenn sie „Nein" meinen.
Handeln gegen ihre inneren Überzeugungen.
Passen sich an.

Die Schuldigen dafür sind schnell gefunden:

Die Umstände und die anderen.

In Entscheidungssituationen orientieren sich die meisten Menschen an anderen oder lassen sich von äußeren Einflüssen leiten.

Doch wie wäre es, wenn wir ...
... unsere eigenen Bedürfnisse ernst nehmen?
... unsere Wünsche und Träume verfolgen?
... eigene Wege gestalten?
... uns selbst verwirklichen?

Wo kämen wir denn da hin?

Das wäre total egoistisch.
Der Untergang der Familie, der Gemeinschaft und Gesellschaft ...

Tatsächlich?

Wem dienst du, wenn du ...
... dein Licht unter den Scheffel stellst?
... deine Träume in der untersten Schublade begräbst?
... deinen Freunden ständig die Ohren voll jammerst?
... resigniert in einer Beziehung verharrst, die beiden nicht gut tut?
... Dienst nach Vorschrift in deinem ungeliebten Job schiebst?

Verhalten wir uns selbstlos, um es den anderen recht zu machen?

Oder dient dieses Verhalten doch eher dem Teil unseres Selbst, ...
... der die Sicherheit der Komfortzone schätzt.
... der sich nach Anerkennung von Außen sehnt.
... dem der Mut oder das Selbstvertrauen fehlt, um längst überfällige
Entscheidungen zu treffen.

Ist das nicht egoistisch?

Solange wir anderen Menschen nicht schaden oder sie für unseren eigenen Vorteil ausnutzen, ist ein gesundes Maß an Egoismus wichtig,
um uns selbst zu verwirklichen.

Mach' dein Ding

Überlege einmal, wie es um unser Leben bestellt wäre, wenn es nicht
Forscher, Wissenschaftler, Politiker, Künstler und andere gegeben hätte,
die wider Kritik (#40) und Widerstand ihrer inneren Stimme gefolgt
sind.

Mal ehrlich, welche Menschen bewundern wir am meisten?
Diejenigen, die ihr eigenes Ding machen.

> „Ziel des Lebens ist Selbstentwicklung.
> Das eigene Wesen völlig zur Entfaltung zu bringen,
> das ist unsere Bestimmung."
>
> Oscar Wilde

 **Probiere** diese Woche aus, wo du hinkommst, wenn du dir
selbst zuliebe einmal „NEIN" oder vielleicht sogar „JA" sagst.

Ich wünsche dir eine selbstverwirklichte Woche,
Katja

#24 Work-Life-Balance!?

Ich bin Mama eines kleinen Lebenswunders. Da stellt sich unweigerlich die Frage nach einer zufrieden stellenden Vereinbarkeit von Beruf und Familie – jetzt, wo ich mehr Bälle jonglieren will. Dass das Thema nicht nur mich beschäftigt, zeigt meine Google-Suche. Das Stichwort Work-Life-Balance liefert ungefähr 101 Millionen Ergebnisse.

Der Begriff selbst hat mich allerdings schon vor meiner Zeit als Mama stutzig gemacht, suggeriert er doch eine Trennung zwischen der Arbeit und unserem Leben. Ein Gleichgewicht von scheinbar unvereinbaren Gegensätzen: Die „böse" Arbeit und das „gute" Leben.

Ist es möglich, die Arbeit vom Leben zu trennen?
Ist Arbeit nicht Teil eines (guten) Lebens?

ARBEITSZEIT IST LEBENSZEIT

Wer nach dem Prinzip „Endlich Feierabend … Wochenende … Urlaub … oder Rente …" lebt, um dann das „schöne" Leben zu genießen, vergisst das Arbeitszeit wertvolle Lebenszeit (#11) ist und uns keiner die Garantie für später gibt.

Viele verfallen in einen „Ausgleichszwang", um die Arbeit zu ertragen, und landen im Freizeitstress. Oder sind enttäuscht, weil ein Leben, in dem nur die eine Hälfte stimmt, sich eben am Ende auch nur halb so gut anfühlt.

Statt den Balanceakt zu perfektionieren, könnten wir auch nach „guter" Arbeit streben – einer Tätigkeit, die nicht nur zeitlich, sondern auch inhaltlich zu uns und unserem Leben passt (#42). Nach der wir nicht erschöpft und verstimmt, sondern bestenfalls mit positiven Erlebnissen und Gefühlen erfüllt in den Feierabend starten.

BALANCE VS. ERFÜLLUNG

Alain de Botton, Gründer der School of Life, bringt es im Interview mit der Wirtschaftswoche[5] auf den Punkt:

> „Sprechen Sie mal mit einer jungen Mutter
> oder einem überarbeiteten Gründer.
> Die werden Ihnen sicher nicht sagen,
> dass ihr Leben in der Balance ist.
> Erfüllt sind sie vielleicht trotzdem."

In diesen Phasen ist Schlaf Mangelware und Zeit für sich purer Luxus. Sie erfordern von uns vollen Einsatz. Von Balance keine Spur.

QUALITY TIME IST SELBSTBETRUG

Die Dinge, die ausschlaggebend für ein erfülltes Leben sind, lassen sich nicht in einen Termin pressen.

Quality time nennen wir es, wenn wir versuchen, wenig Zeit intensiv zu nutzen. Doch Gesundheit, gute Beziehungen, Kinderlachen … können wir nicht auf Knopfdruck konsumieren. Dafür braucht es unsere Zeit, Präsenz und Aufmerksamkeit. Auch die Zeiten, in denen scheinbar nichts passiert – einfach „da sein", regenerieren (#1) … – sind von Bedeutung.

DAS LEBEN ALS GANZES

Klar ist: Auf einem Bein kann man nicht ewig stehen.

Doch anstatt uns kurzsichtig an der Work-Life-Balance aufzureiben und tagtäglich 100% in allen „Disziplinen" abzuliefern, sollten wir ein harmonisches Miteinander der Lebensbereiche auf mittel- bis langfristige Sicht anstreben.

Vielleicht finden wir so auch endlich die Gelassenheit (#19), die uns die Work-Life-Balance verspricht.

Ich wünsche dir eine Woche im Einklang mit dem, was für dich persönlich momentan wichtig ist,
Katja

#25 Auszeit vom Job: Ich bin dann mal weg

Schließe die Augen und stelle dir vor:

Heute ist dein vorerst letzter Arbeitstag

Morgen früh wirst du nicht vom Wecker geweckt, um auf Arbeit zu gehen, sondern du startest in ein sogenanntes „Sabbatical", eine mehrmonatige Auszeit vom Job. Eine Auszeit, um dich den Dingen zu widmen, für die dir im Alltag die Zeit fehlt.

Klingt verlockend?

„Halb Deutschland träumt von der beruflichen Auszeit"

Das ergibt die größte deutsche Sabbatical-Studie[6]. Die Beweggründe sind so unterschiedlich wie die Menschen.

Für viele ist ein Sabbatical gleichbedeutend mit Reisen. Ebenfalls weit oben auf der Wunschliste stehen das Bedürfnis nach mehr Zeit für sich, die Familie und persönliche Interessen. Viele Auszeit-Anwärter wollen neue Perspektiven entwickeln und sich weiterbilden. Immerhin die Hälfte der Befragten sehnt sich nach einer Verschnaufpause vom Alltag zur körperlichen und geistigen Erholung, quasi Burnout-Prävention.

Die Sehnsucht drängt. Doch die wenigsten setzen ihre Träume in die Tat um. Neben der Finanzierung (#27) und Ängsten vor einem Karriereknick (#26) spielen natürlich auch der Partner und Kinder eine Rolle bei der Entscheidung. Und manchmal fehlt uns einfach nur der Mut (#28), das Abenteuer Auszeit zu wagen.

> „Ab und zu braucht die Vernunft eine Auszeit,
> damit deine Träume fliegen lernen können."
>
> Unbekannt

Dieser Montags-Impuls ist der Auftakt einer kleinen Serie:

Fünf gute Gründe gegen eine Auszeit
... Warum du es trotzdem wagen solltest

 Bevor wir ein- bzw. aussteigen, **lausche** mal in dich hinein:

- (Wofür) Wünschst du dir eine Auszeit vom Job?
- Willst du einfach nur raus – Hauptsache weg (#17)?
- Oder wohin zieht es dich (#11)?
- Welche Ideen, Wünsche und Träume möchtest du verwirklichen?
- Welchen Bedürfnissen oder Interessen möchtest du mehr Zeit und Raum gebcn?
- Und: Was hindert dich persönlich daran, dir eine kleinere oder größere Auszeit zu nehmen?

Ich wünsche dir, dass du deiner Sehnsucht in dieser Woche Raum zum Träumen gibst,
Katja

#26 Auszeit, und dann? Angst vor dem Karriereknick

Noch vor der Frage, wie sich das Vorhaben einer mehrmonatigen Pause vom Job finanzieren ließe, befürchten die meisten Arbeitnehmer einen Karriereknick. Die Lücke im Lebenslauf, die es ab sofort gegenüber spitzfindigen Personalern zu rechtfertigen gilt (#34).

Für Selbstständige lautet die Devise ja eh: „Selbst und ständig."

Manchmal wird uns die Entscheidung für oder gegen eine „Auszeit" auch abgenommen:

Unfreiwillig aus dem Job katapultiert

Jeder, der eine Zeit lang (unfreiwillig) ohne Arbeit war, kennt das nagende Gefühl am Selbstwert und die Angst nicht nur den Job, sondern auch die soziale Anerkennung und Existenzgrundlage zu verlieren.

Wenn der Arbeitsplatz redundant wird, trifft uns das empfindlich, selbst wenn wir vorher „Dienst nach Vorschrift" geleistet oder bereits innerlich gekündigt hatten. Viele verzichten für die Karriere auf Zeit mit der Familie oder Hobbys. Wer sich vor allem über den Beruf definiert, ist nach einer Kündigung mit einer großen Leere konfrontiert.

> „Ein Hamsterrad sieht von innen
> wie eine Karriereleiter aus."
>
> Unbekannt

« Rien ne va plus » – nichts geht mehr

Beim Wettlauf um immer-schneller und immer-weiter bleibt immer-öfter unsere körperliche und seelische Gesundheit auf der Strecke. Symptome wie Antriebsschwäche, Schlaflosigkeit und Erschöpfung werden übergangen. So schleicht sich ein Burnout ein.

Die psychischen und physischen Folgen des Zusammenbruchs führen meist zu mehrmonatigen Berufsausfällen. Selten kehren die Betroffenen zu ihrer alten Leistungsfähigkeit zurück.

Selbstbestimmt leben als Antrieb für die Auszeit

Wenn wir uns fremdbestimmt fühlen ... Wenn der Sinn des tagtäglichen Tuns fehlt ... Wenn wir uns erschöpft durch den Tag quälen ... Wenn wir wirklich nicht mehr wollen oder können ... dann wächst der Wunsch auszusteigen aus dem Trott. Abstand zu nehmen. Die eigenen Bedürfnisse wieder klarer wahrzunehmen. Andere Blickwinkel zu gewinnen und neue Wege zu entdecken.

Mit Faulheit hat eine Auszeit wenig zu tun. Selbstgewählte Auszeit-Nehmer erleben diese Zeit intensiver und gestalten sie aktiver als den Alltag – auch wenn man im klassischen Sinne weniger „leistet".

Eine Auszeit oder zeitweiliges Kürzertreten können der Auftakt sein, um das eigene (Berufs-)Leben stimmiger zu gestalten und die volle Verantwortung für die eigene Gesundheit und Arbeitszufriedenheit zu übernehmen.

Ich wünsche dir eine selbstfürsorgliche Woche,
Katja

#27 Auf Sparflamme: Kein Geld für die Auszeit

Na klar, eine Auszeit vom Job klingt verlockend.
Dieser Tagtraum platzt für die meisten so schnell wie eine Seifenblase, wenn es um die harten Fakten geht.

Das Ersparte für die Auszeit investieren?

72% derjenigen, die mit einer Auszeit vom Job liebäugeln, würden diese nur dann antreten, wenn sie genug Erspartes haben[6]. Die wenigsten können mehrere tausend Euro aus der Portokasse zahlen.

Selbst wenn wir einen größeren Betrag auf der hohen Kante hätten, gäbe es ein paar Alternativen in Betracht zu ziehen: Lieber doch ein eigenes Dach über dem Kopf, mal einen Neuwagen nach den eigenen Vorstellungen konfigurieren ... für die Rente vorsorgen?

Da hätte man etwas Handfestes für sein Geld. In sich selbst und freie Zeit zu investieren, erscheint dagegen wie reiner Luxus.

Lebensstandard ist nicht gleich Lebensqualität

Unternehmen werden für ihre Umsatz- und Profitmaximierung angekreidet. Doch mal ehrlich, wie viele Menschen ticken ähnlich, wenn es um den eigenen Lebensstandard geht?

Hier darf es Jahr für Jahr ein bisschen mehr sein. Mehr Gehalt, mehr Wohnfläche, mehr Sterne im Urlaub, ein größeres Auto, ...
Schließlich soll sich die harte Arbeit lohnen.

Den eigenen Lebensstandard reduzieren?
Das kommt nicht in Frage.
Was sollen "die Leute" denken?

Dabei setzen wir gedanklich den objektiv messbaren Lebensstandard mit Lebensqualität, d.h. subjektiven Wohlbefinden, gleich.

Denke einmal zurück an die "alten Zeiten".
Warst du mit „weniger" tatsächlich soviel unzufriedener?
Oder falls es mal „mehr" war, soviel zufriedener?

Welchen Wert hat deine Gesundheit für dich?
Deine Lebenszeit (#11)?

Haben wir Zeit, fehlt uns das Geld.

Haben wir Geld, fehlt uns die Zeit.

Als ich 2009 im Urlaub zwei Wochen in Asien unterwegs war, sind mir all die "Auszeitler" aufgefallen, die monatelang durch die Weltgeschichte reisen. Wie können die sich das leisten? Student, Krankenschwester, Kellner, Verkäuferin ... viele hatten deutlich geringere Gehälter. Aber auch weniger Lebensstandard zu finanzieren.

Damals bin ich in die Falle getappt, meine Ansprüche Jahr für Jahr zu steigern, mich mit Bequemlichkeiten (Taxi, Restaurant und Co.) und Belohnungs-Shopping für die harte Arbeit zu entschädigen.

Freie Zeit kaufen

Solange du nicht bei "Wer wird Millionär" gewinnst und das Grundeinkommen* noch ein „Experiment" ist, musst du ein paar Euro zusammen kratzen, um dir den Traum einer Auszeit zu verwirklichen.

Ein klassisches Budget für die Auszeit gibt es nicht. Das unterscheidet sich erheblich je nach Dauer und Destination oder Projekt während der Auszeit. An manchen Orten kann deine Auszeit sogar günstiger sein als wenn du in Deutschland oder Europa bleibst - je nachdem wie viele Fixkosten es zuhause zu tragen gibt. Diesen Fakt nutzen Digitale Nomaden für sich und arbeiten überall da, wo es sich günstig leben lässt und ein Internetzugriff besteht.

Wenn du mit dem Gedanken spielst, monatlich 100 EUR beiseite zu legen, brauchst du einen langen Atem. Nach einem Jahr kannst du dir etwa einen Monat Auszeit leisten.

Bei so einem Spar-Marathon geht die Motivation unterwegs verloren. Wer weiß schon, ob sich das halbe Jahr Auszeit in sechs Jahren noch umsetzen lässt.

Ein bis zwei Jahre Vorlaufzeit sind realistisch, alles andere gleicht dem Blick in die Glaskugel.

Wenn du die Auszeit JETZT wirklich willst, dann mach' diese zu deinem Projekt:

 Verwandle den diffusen Wunsch in ein konkretes **Ziel**: Was, wann, wie lange, wo, mit wem (oder ohne wen) ... Male dir deine Auszeit in allen Facetten aus und dann tue, was getan werden muss, um deinen Traum finanziell zu verwirklichen:

Downshifting

Vor meiner Auszeit-Reise und für den Start meiner Selbstständigkeit haben wir uns wohnungstechnisch vorübergehend von 100qm auf 50qm halbiert. So konnte mein Mann die Wohnung ein halbes Jahr allein finanzieren und im Anschluss hatte ich weniger finanziellen Druck für den Start auf eigenen Beinen.

Entrümpeln und Verkaufen

Wenn mehr Geld als Zeit da ist, kann das dazu führen, dass du für eine Reihe von Vorhaben und Hobbys bestens gerüstet bist, aber diese Ausstattung selten bis nie nutzt. Trenne dich von den Sachen und deinem schlechten Gewissen.

Das gleiche gilt für dein Jahresabo im Fitnessstudio oder die Tageszeitung. Wenn sich das Papier stapelt oder die Turnschuhe Staub ansetzen, ist es Zeit diese fixen Kosten gegen frische Luft und Online-News einzutauschen.

Ein Fernflugticket kommt meistens schon zusammen, wenn du radikal entrümpelst. (#2).

Konsum-Diät

Verzichte mal einen Monat darauf, Unnötiges zu kaufen. Oder ein Jahr
auf neue Klamotten und Schuhe. Ein spannendes Selbstexperiment über
das viele Menschen bloggen, z.B. erleichtert.net. Dort bekommst du
noch mehr Ideen und Anregungen, wie du dein Leben vereinfachst und
Raum für wesentliche Dinge schaffst.

Teil-Haber sein

Muss es wirklich das eigene Auto sein? In der Bahn könntest du unterwegs lesen. Mit dem Rad verbesserst du deine Kondition, ... oder du
teilst (d)ein Auto im Carsharing mit anderen.

Auf Reisen ist das Prinzip "sharing" ebenfalls eine Erleichterung für
das schmale Auszeitbudget, ob du nun mit BlaBlaCar (Mitfahrgelegen-
heiten) fährst oder mit Airbnb und Couchsurfing bei Privatpersonen
übernachtest.

Arbeit für Kost & Logis

Das Prinzip „Wwoofing" ist simple: Für deinen Arbeitseinsatz erhältst
du Unterkunft und Essen. Auf diese Weise kannst du deine Auszeit trotz
kleinem Budget verlängern und Arbeit mal anders erleben.

Du siehst, ...

> „Wer wirklich etwas will, findet Wege.
> Wer nicht will, findet Gründe."
>
> Willy Meurer

Hinterfrage deine Auszeitmotivation. Wenn du WIRKLICH willst, findest du einen Weg, um deinen Traum zu verwirklichen.

Ich wünsche dir eine bereichernde Woche,
Katja

* Verlosung unter www.mein-grundeinkommen.de

#28 Auszeit im Alleingang. Dafür fehlt mir der Mut

Wer sind die fünf Menschen, mit denen du momentan die meiste Zeit verbringst?

Ich meine nicht, gern verbringen würdest ... sondern tatsächlich die Menschen, die du von morgens bis abends am häufigsten um dich herum hast.

Nachweislich werden wir diesen fünf Menschen (und sie uns) mit der Zeit ähnlicher. Wir nähern uns in den Gewohnheiten und der Persönlichkeit unserem Umfeld an. Besonders gut lässt sich das in einer Partnerschaft beobachten.

Nach Wahl oder aus Gewohnheit?

Je schnelllebiger der Alltag, desto höher ist die Wahrscheinlichkeit mit dem Strom der Gewohnheiten, Standards und Normen in unserem Umfeld zu schwimmen. Das ist einfacher und bequemer als Bestehendes zu hinterfragen: Passt das wirklich zu mir? (#42)

Dafür fehlen uns die Zeit, Energie und manchmal auch der Mut. Darunter kann die Verbindung zu uns selbst leiden ... und auch die Beziehung zu den Menschen um uns herum.

Ein klares Anzeichen dafür, dass wir keinen "guten Draht" zu uns selbst haben, ist ein Gefühl der Gleichgültigkeit. Wenn wir uns für nichts begeistern können und nicht mehr wissen, was uns Spaß macht.

Dann sehnen sich viele nach einer Auszeit zur "Selbstfindung".

Mut zum Alleinsein

Egoistisch sein ist für viele negativ besetzt (#23). Damit verbunden ist die Angst vor dem Alleinsein. Wir glauben, dass unser Gefühl der Zugehörigkeit dadurch entsteht, dass wir uns anpassen, die Bedürfnisse anderer wichtiger nehmen als unsere eigenen.

Erinnerst du dich noch an die Pinguin Geschichte (#15)?

Die Quintessenz: Habe den Mut, du selbst zu sein und dir ein Umfeld zu gestalten, das zu dir passt, deinen wahren Platz einzunehmen und echte Verbundenheit (#50) zu erleben.

Dafür musste der Pinguin sich jedoch erst einmal eingestehen, dass er Pinguin ist und sich auf die Suche nach Gleichgesinnten und dem eigenen Element machen.

Eine Auszeit ist ein Selbstgestaltungs-Trip

Ob kurz oder lang ...
Ob hier oder da ...
Ob du dieses oder jenes tust ...

Eine Auszeit bietet dir die Möglichkeit, jeden einzelnen Tag nach deinem eigenen (Bio-)Rhythmus und deinen Vorstellungen zu gestalten.

Du kannst dich ohne Zeitdruck treiben lassen ... Dich stundenlang in etwas vertiefen, das dir Freude bereitet ... So lange schlafen wie du willst ... Bei schönem Wetter draußen sein oder drin bleiben ... Dich in einer fremden Umgebung neu erfinden ... Andere Lebensweisen ausprobieren ... Nach Lust und Laune tun und lassen, was dir gefällt ...

Was sich im ersten Moment, wie das Paradies auf Erden anhört, kann uns anfangs überfordern. Insbesondere wenn unser Tagesablauf üblicherweise von früh bis spät durchgetaktet und weitestgehend fremdbestimmt ist.

Wenn es niemanden gibt, auf den wir Rücksicht nehmen müssen oder der uns die Entscheidung abnimmt, sind wir mit uns selbst konfrontiert – auch mit der Verantwortung für uns selbst.

> „Das Leben handelt nicht von der Selbstfindung.
> Es handelt von der Selbsterschaffung."
>
> George Bernard Shaw

Wir finden uns, indem wir selbst entscheiden und gestalten (#16).

Dafür kann eine Auszeit ein geeignetes Übungsfeld sein.
Du entwickelst wieder ein Gespür für dich und das, was dir gut tut und du wirklich willst.

Fehlt dir der Mut für den Schritt allein in die Ferne?

 **Starte klein!**

Kleine Alleingang-Einheiten

Nimm' dir einen Tag oder ein Wochenende Zeit für dich.
Gestalte diese Zeit wie ein Date mit dir.
Tue nur die Dinge, die dir Freude bereiten.
Wenn du nicht weißt, was das ist, probiere etwas Neues aus.
Gehe auf eine Entdeckungsreise zu dir selbst.
Lass' dich von deiner Neugierde leiten.
Erwecke wieder die Begeisterung und Lebendigkeit in dir.
…

Ich wünsche dir in dieser Woche den Mut zum Alleinsein,
Katja

#29 Eine Auszeit gönn' ich mir später

Samstagmorgen.
Strahlender Sonnenschein.

Du schaust sehnsüchtig nach draußen.

Und raffst dich auf ...

Denn zuerst MUSST du noch den "Budenschwung" (sächsisch für Hausputz) oder Wochenendeinkauf erledigen, das Unkraut im Garten beseitigen, den Rasen mähen, das Auto putzen, ...

> „Zuerst die Arbeit, dann das Vergnügen."
> Volksmund

Das gilt auch am Feierabend und Wochenende.

Aufschieberitis

Die Volkskrankheit N° 1 betrifft nicht mehr nur die unliebsamen Aufgaben (#21). Immer öfter schieben wir die schönen Dinge des Lebens, unsere Herzenswünsche und Träume leichtfertig vor uns her. In der Hoffnung später die Zeit, das Geld oder den Mut dafür zu finden.

Dabei werden einige Träume nicht nur bis zur Rente vertagt, sondern schon mit einem milde lächelnden "Im nächsten Leben ... " abgetan.

Doch wer garantiert dir, dass ...
... die Sonne am Nachmittag noch scheint?
... dein Partner auf dich wartet, bis du alle "dringenden" und "wichtigen" Dinge erledigt hast?
... du später noch in der Lage sein wirst, die Früchte deiner harten Arbeit zu genießen?
... du noch ein Leben geschenkt bekommst?

Träume sind sensibel

Mit 17 hat man noch Träume ... und dann?
Wagst du dich aus der Deckung.
Sprichst über deinen Traum oder Herzenswunsch.

Und alle trampeln darauf herum:
Das ist naiv. Ein Hirngespinst. Midlife-Crisis. Dafür bist du zu alt. Wer
soll das bezahlen? Du willst deinen sicheren Job aufgeben? ...

Desillusioniert und entmutigt begräbst du deinen Traum.

> "Trenne dich nie von deinen Illusionen und Träumen.
> Wenn sie verschwunden sind, wirst du weiter existieren,
> aber aufgehört haben, zu leben."
>
> Mark Twain

Deine Träume sind wie ein zartes, kleines Pflänzchen.
Hoffnungsschimmer, eng verbunden mit deinen wahren Bedürfnissen
und in dir schlummernden Potenzialen.

Selten geht es wirklich darum, etwas zu besitzen, sondern vielmehr etwas zu erleben und dabei Erfahrungen zu machen, die uns nachhaltig
prägen und über uns hinaus wachsen lassen.

> „If you can dream it, you can do it"
>
> Walt Disney

Es ist DEINE Aufgabe, deinen Traum wie ein guter "Gärtner" zu hegen
und zu pflegen, vor negativen Umwelteinflüssen und Ungeziefer zu
schützen, ihm die nötigen Nährstoffe zukommen zu lassen, ein Umfeld
zu schaffen, indem er wachsen und reifen kann: Bestärkende Zuhörer.
Tatkräftige Mitstreiter. Ermutigende Wegbegleiter. Erfahrungsberichte
von Menschen, die diesen Traum verwirklicht haben.

Träume nicht dein Leben, sondern lebe deinen Traum

Für die Verwirklichung unserer Träume braucht es Ausdauer. Meistens müssen wir eine Zeit lang hart dafür arbeiten. Kaum jemand verwirklicht einen Traum von heute auf morgen. Und wenn, dann ist das Glücksempfinden von kurzer Dauer. Das persönliche Wachstum gering.

Doch die Aufschieberitis tritt besonders dann auf, wenn uns eine Aufgabe zu groß erscheint oder das Ziel nicht konkret genug ist.

 Folgende **Schritte** bewahren deinen Traum davor, sich im sandigen Getriebe des Alltags aufzureiben:

... werde konkret.
... setze dir einen Termin für deine Traum-Verwirklichung.
... priorisiere deinen Herzenswunsch – zeitlich und finanziell.
... überlege, welche Schritte dich deinem Traum näher bringen.
... suche die Antworten auf deine offenen Fragen.
... finde kreative Lösungen für die Stolpersteine auf deinem Weg.
... verabschiede dich vom schwarz-weiß-Denken und deiner „ganz oder gar nicht"-Ausrede.

Wenn sich dein Traum nicht 1:1 oder komplett umsetzen lässt, wirf ihn nicht einfach weg wie einen abgelaufenen Schuh.

Werde kreativ (#48). Finde eine annähernd so gute Alternative. Setze zunächst einen Teil oder ein Miniatur-Modell deines Traumes um.
So werden sich neue Horizonte und Türen öffnen, von denen du nicht zu träumen gewagt hast (#31).

Das Leben ist bunt – und voller Möglichkeiten!

Egal welcher Traum oder Herzenswunsch schon längere Zeit innerlich anklopft, er ist es wert gelebt zu werden.

Ich wünsche dir eine traumtänzerische Woche,
Katja

#30 Hängenbleiben in der Auszeit. Zurück auf Los?

Und wenn sie nicht gestorben sind, dann leben sie noch heute.

So lautet die typische Schlussphrase für Märchen und ähnliche Geschichten. Meist gibt es ein Happy End. Es wird suggeriert, dass es nun ewig so weiter geht:

Und so lebten sie vergnügt bis ans Ende ihrer Tage.

Häufig haben auch wir eine romantische Vorstellung davon, wie sich unser Leben nach dem Erreichen unserer Ziele oder dem Verwirklichen unserer Träume, wie z.B. einer Auszeit, gestaltet.

Wenn ich erst einmal ...
... eine Auszeit gemacht,
... meine Berufung gefunden,
... ein Haus gebaut,
... dies oder das erlebt habe oder besitze,
dann, ja dann werde ich dauerhaft glücklich und zufrieden sein.

Doch das Leben ist ein Zyklus, ein kontinuierlicher Entwicklungsprozess mit Höhen und Tiefen.

Auf eine Auszeit folgt die Rückkehr in den Alltag, aus dem wir ursprünglich auf- oder ausgebrochen sind (#17). Wenn die Auszeit nicht nur ein "Ablenkungsmanöver" sein soll, dann gilt es, sich frühzeitig mit der Frage auseinander zu setzen: Und dann?

Zurück auf Los?

Genau diese Phase - die "Rückkehr" und Integration der neu gewonnenen Erkenntnisse und Erfahrungen in das Alltagsleben - kommt häufig zu kurz oder wird so weit wie möglich hinaus gezögert.

Zurück in den ungeliebten Job?
Freiwillig gewählt, wäre die Auszeit dann nur eine Flucht. Ein verlängerter Urlaub, aus dem wir frustriert zurückkehren.

Den alten Job ohne eine neue Perspektive aufgeben, ist gewagt.
Was passiert, wenn sich die Auszeit dem Ende naht?
Noch keine Erleuchtung oder zündende Idee in Sicht ist?
Das finanzielle Polster schwindet?

Dann drängt viele der Druck zurück ins alte Gewässer oder eine naheliegende Übergangslösung. Obwohl wir gerade eine Ahnung davon bekommen, dass es eigentlich anders gehen könnte.

Keep - Stopp - Start

Daher ist es sinnvoll die Weichen für die Rückkehr bereits vor der Auszeit in die gewünschte Richtung auszurichten.

 Die folgenden **drei Fragen** können dir dabei helfen:

1. Was möchtest du mit in die Auszeit bzw. nach deiner Rückkehr mit in den Alltag nehmen? Was ist gut an deiner Arbeit bzw. deinem Leben, was du bewahren möchtest?
   = KEEP

2. Was möchtest du zurück- bzw. loslassen? Wovon willst du dich trennen, um den Raum für Neues zu öffnen?
   = STOPP

3. Womit möchtest du in der Auszeit bzw. nach deiner Rückkehr beginnen oder mehr Zeit verbringen? Welche neuen Aspekte willst du in deiner Arbeit bzw. deinem Leben integrieren?
   = START

Ich wünsche dir eine vorausschauende Woche,
Katja

#31 Wo endet deine Welt? Dein Selbstbild

Das Cabo de Sao Vincente liegt an der Südwestspitze Portugals. Im Mittelalter glaubten die Menschen, dass an diesem Punkt die Welt endet … Damit begrenzten sie nicht nur ihr Weltbild, sondern auch ihr Selbstbild.

Giganten in Ketten

Kennst du dieses Bild?
Ein Elefant, eines der größten und kräftigsten Tiere auf unserem Planeten Erde, dreht seine Kreise - angekettet an einen Holzpflock. Mühelos könnte er diesen aus dem Boden ziehen.

Warum tut er es nicht?

Bereits als Baby wurde der Elefant an die Kette gelegt. Viele Male hat das kleine, noch schwache Elefantenkind versucht sich zu befreien. Doch je stärker es zog, desto tiefer bohrte sich die Kette in seine noch dünne und sensible Haut.

Der ausgewachsene Elefant hätte die Kraft und könnte sich befreien, wenn er es nur noch EINMAL probieren würde. Doch die schmerzhaften Erinnerungen an die gescheiterten Versuche halten ihn davon ab. So ergibt sich der Elefant in sein Schicksal und dreht sich weiter im Kreis seiner kleinen Welt.

Wo endet deine Welt?

Keine Generation vor uns hatte so viele Freiheiten und Möglichkeiten das eigene Leben zu gestalten wie wir heute (#43).

Was hält uns davon ab?

Als Kinder und im Laufe des Lebens haben wir verschiedene Erfahrung gemacht - gute aber auch schmerzhafte. Manchmal bewusst, oftmals unbewusst, prägen sich diese Ereignisse in unser Gedächtnis ein und reifen zu Überzeugungen heran, die wir tief verinnerlichen, um weitere Schmerzen zu vermeiden.

Häufig beginnen diese inneren Überzeugungen mit einem:
Ich KANN nicht … Ich DARF nicht … Ich BIN nicht … gut genug …
(#14)

Diese mentalen Grenzen halten uns davon ab, neue Erfahrungen zu machen und die Fülle der Möglichkeiten des Lebens auszukosten.

Mehr noch: mit diesen inneren Überzeugungen richten wir unsere Aufmerksamkeit immer wieder auf die Menschen und Situationen aus, die uns in unserem Glauben bestätigen und bestärken.

So verfestigt sich unser Welt- und Selbstbild.

Dehnungsübung: Dein Selbstbild

 **Achte** in dieser Woche einmal bewusst auf deine Gedanken, die mit ich KANN, BIN oder DARF NICHT beginnen.

* Welche Überzeugungen fühlen sich eng und blockierend an?
* Ist das tatsächlich (noch) wahr?
* Welche ersten Anzeichen signalisieren dir, dass diese Überzeugungen überholt sind?

> „Willst du wissen, wer du warst, so schau, wer du bist.
> Willst du wissen, wer du sein wirst, so schau, was du tust."
>
> Buddha

Das Cabo de Sao Vincente versinnbildlicht für mich, dass wir unser eigenes Selbst- und Weltbild nicht als gegeben ansehen, sondern von Zeit zu Zeit hinterfragen sollten.

Ich wünsche dir eine welteneröffnende Woche,
Katja

#32 Selbstbestimmt in jeder Wetterlage!?

Wie wird das Wetter heute?

Das lässt sich mit einiger Gewissheit sagen.
Die Prognosen für die kommende Woche sind weniger zuverlässig.

Was hat Selbstbestimmung mit dem Wetter zu tun?

Das Leben lässt sich genauso schwer vorhersagen wie das Wetter.
In jedem Fall entzieht es sich deiner und meiner direkten Kontrolle.
Mal scheint die Sonne, mal regnet es.
Mal ist die Wetterlage stabil, mal wechselhaft.
Mal ist es windstill, mal fegt ein heftiger Sturm übers Land.
Selten, aber dafür umso heftiger, zieht uns eine Naturkatastrophe den Boden unter den Füßen weg.

Wir können uns darüber beklagen, ja manchmal zu Recht.
Nicht überall herrschen die gleichen Wetterbedingungen (#33).
Die einen scheinen auf der Sonnenseite zu leben, andere im Regenland.

Ist das gerecht? … Nein, sicher nicht.
Kannst du es ändern? … Das liegt nicht immer in deiner Macht.

Dennoch hast du die Wahl: **Willst du Opfer oder Gestalter sein?**

Die einzig sinnvolle Antwort auf das heutige Wetter ist …

Akzeptanz

Höre auf, gegen die Realität zu kämpfen. Dir zu wünschen, dass es anders (gekommen) wäre oder unaufhörlich darüber zu jammern.
Akzeptiere das Wetter und dein Leben so, wie es momentan ist
– manchmal ganz anders als „versprochen".

Du darfst enttäuscht und traurig sein, wütend oder verzweifelt. Es geht nicht darum, dir deine Gefühle abzusprechen oder sie zu unterdrücken. Das wäre einem selbstbestimmten Leben ganz und gar nicht zuträglich und könnte sogar deiner Gesundheit schaden (#38).

Vielmehr geht es darum, nicht in der Opferrolle stecken zu bleiben.

Eigenverantwortung

Du bist weder dem Wetter noch dem Leben hilflos ausgeliefert.

In Verantwortung steckt das Wort ANTWORT.

Auch wenn sich die äußeren Umstände und andere Menschen deiner Kontrolle entziehen, hast du immer die Wahl, wie du auf diese Ereignisse und Verhaltensweisen ANTWORTEST.

Wenn wir annehmen, dass es auf Ereignis oder Verhalten A nur eine Antwort B gibt, dann unterschätzen wir unsere Fähigkeit zum freien und kreativen Denken und Handeln. Wir begrenzen unseren „Spielraum", eigene Wege zu entwickeln – selbstbestimmt zu leben.

Kein Wetter ist per se schlecht und so hat auch jede Krisensituation im Leben etwas Gutes: Sie birgt das Potenzial, über uns hinauszuwachsen.

Das zu erkennen, braucht Zeit. Manchmal Wochen, Monate, Jahre … Vor allem aber braucht es Vertrauen.

Über den Wolken und am Ende der Nacht strahlt IMMER die Sonne. Nur können wir sie nicht immer sehen, von dort wo wir stehen. Es braucht Vertrauen, dass die Sonne wieder durch die dicken Regenwolken hindurch dringen wird.

„Life isn't about waiting for the storm to pass …
It's about learning to dance in the rain."

Vivian Green

Ich wünsche dir eine eigenverantwortliche Woche,
Katja

#33 Schluss mit dem Vergleich

Wir wissen, wie dumm es ist und dennoch tun wir es tagtäglich:

Wir vergleichen uns mit Anderen

Konditioniert durch unsere Erziehung und Schulzeit, orientiert an Notenskalen oder gesellschaftlichen Maßstäben, ordnen wir uns ein in besser oder schlechter, richtig oder falsch, mehr oder weniger …

Was kann der/die, was ich nicht **kann**?
Was hat der/die, was ich nicht **habe**?
Was ist der/die, was ich nicht **bin**?

Beim Blick in die sozialen Medien haben wir den Eindruck, dass das Leben der anderen aufregender, schillernder, leichtgängiger … und für uns definitiv unerreichbar ist.

Nicht erst seit Paul Watzlawicks Bestseller „**Anleitung zum Unglücklichsein**"[7] wissen wir ….

> „Das Vergleichen ist das Ende des Glücks
> und der Anfang der Unzufriedenheit."
> Søren Kierkegaard

Andere stehen im Verdacht, mehr zu haben

Der französische Schriftsteller Montesquieu bringt das Problem des Vergleichens auf den Punkt:

> „Man will nicht nur glücklich sein,
> sondern glücklicher als die anderen.
> Und das ist deshalb so schwer,
> weil wir andere für glücklicher halten, als sie sind."

Für den Vergleich blicken wir selten hinter die Kulissen, sondern ziehen den äußeren Eindruck heran. Zudem nehmen wir nur einen kleinen Ausschnitt aus dem Leben anderer wahr anstatt das ganze Bild in Betracht zu ziehen.

Fakt ist: Freude und Erfolge teilen wir lieber öffentlich als Leid und Krisen. Diese Einblicke gewähren wir nur eng vertrauten Menschen und manchmal scheuen wir uns, selbst jenen Vertrauten unsere Verletzlichkeit zu offenbaren (#50).

Daher ist unser Bild vom Leben anderer selten eine geeignete und realistische Vergleichsgröße.

Vergleich macht gleich

Wie wir sind, ist uns zu großen Teilen in die Wiege gelegt.

Babys und Kleinkindern gestehen wir langsam zu, dass jedes von ihnen einzigartig ist und alle verschieden sind. Sie entwickeln sich in ihrem Tempo, entsprechend ihrer natürlichen Begabungen und Vorlieben.

Warum gönnen wir uns das als Erwachsene nicht?

In der Pinguin-Geschichte (#15) resümiert Eckart von Hirschhausen[6]:

> „Wenn du als Pinguin geboren wurdest,
> machen auch sieben Jahre Psychotherapie
> aus dir keine Giraffe.“

Wieso begeben wir uns in den Einheitsbrei des Vergleichs anstatt uns auf uns selbst zu besinnen?

Vergleichen ist nicht per se schlecht

Der Vergleich mit anderen dient uns zur Orientierung im Leben und kann Ansporn für die eigene Entwicklung sein.

Entscheidend ist, welche Schlussfolgerungen wir daraus ziehen.

Sich stets mit den „Besten" der (Internet-)Welt zu vergleichen, kann dazu führen, dass wir uns persönlich abwerten und minderwertig fühlen (#14).

Aus diesem Gefühl heraus wagen wir selten die Schritte zu gehen, die uns selbst dazu bringen könnten über uns hinaus zu wachsen.

Anderen nachzueifern birgt die Gefahr, uns aus den Augen zu verlieren und in das falsche Element locken zu lassen, wo wir im Mittelmaß untergehen, anstatt unsere eigenen Qualitäten zu entfalten.

Zu-FRIEDEN-heit

In Frieden mit sich und anderen zu sein, beginnt damit den eigenen Wert aus sich selbst anstatt aus dem Vergleich mit anderen zu ziehen. Zu akzeptieren, dass wir verschieden sind:

Ich bin ICH.
Du bist DU.
Und die anderen sind ANDERS.

Nur wenn jeder seinen eigenen Platz einnimmt, kann ein wertschätzendes Miteinander entstehen.

Ich wünsche dir eine friedvolle Woche,
Katja

#34 Warum du? Wie du überzeugende Bewerbungen schreibst

Es gibt mehr als 50 Wege zum Job mit Sinn*. Trotzdem wirst du um die eine Sache kaum herum kommen, wenn du dich beruflich neu orientieren oder weiterentwickeln willst:

Bewerbungen schreiben

Zig Internetseiten, Ratgeber und Experten haben sich dem Thema angenommen. Dennoch ist und bleibt das Bewerbungen schreiben für die meisten eine lästige Aufgabe, die gern aufgeschoben wird (#21).

Diese Einstellung spiegelt sich in der Bewerbung wider.

Das Anschreiben ist oft ein normierter und lebloser Abklatsch immer gleicher Floskeln, so dass wir uns nicht wundern müssen, wenn unsere Bemühungen nach „bestem Wissen und Gewissen" in der Masse untergehen.

Das haben wir schon immer so gemacht

Üblicherweise startet das Anschreiben mit einem „*Hiermit bewerbe ich mich auf Position XY bei Firma Z.*" Ein lahmer Auftakt, so irrelevant und wenig inspirierend wie Untertassen.

Dass dieses Schreiben eine Bewerbung ist und um welche Position es geht, wird hoffentlich im Betreff deutlich. Falls du nicht gerade vergessen hast, die Anschrift nach dem Copy-Paste zu ändern, ist dem Empfänger klar, um welche Firma es sich dreht.

Diesem wenig zum Weiterlesen einladenden Einstieg folgt eine Aufzählung der beruflichen Stationen à la „*Nach Schritt / Ausbildung / Studium A, ging ich Schritt B und bin mittlerweile bei Schritt C gelandet,,*. Informationen, die sich 1:1 in etwas ausführlicherer Form im Lebenslauf wiederfinden.

Ergänzt werden diese „harten Fakten" mit ein paar pauschalen Soft Skills wie *„Ich bin teamfähig, kommunikativ und belastbar"* die sich bestenfalls auf die Anforderungen in der Stellenausschreibung beziehen.

Den Abschluss bildet ein *„Ich freue mich auf die Einladung zum Gespräch"*, gern abgemildert durch ein zurückhaltendes *„Ich würde mich freuen, ..."*

Einzelne sind dazu übergegangen, Bewerbungs-Videos oder ganze Internetseiten zu erstellen, um sich von der Masse abzuheben. Das kann für den entsprechenden Job eine sinnvolle, kreative Arbeitsprobe sein. Doch für die Mehrheit der Bewerber bleibt das klassische Anschreiben und der Lebenslauf das Mittel der Wahl – ob nun per Post oder online.

Wie kannst du deinen potenziellen Arbeitgeber für dich gewinnen?

Starte mit dem WARUM

In seinem Buch und TED talk **„Start with Why"**[8] erklärt Simon Sinek, wie es Unternehmen und Persönlichkeiten gelingt, andere von sich zu überzeugen.

Dieses simple Prinzip lässt sich auch auf das Anschreiben in der Bewerbung übertragen:

Beginne mit deiner Motivation:
* WARUM arbeitest du?
* Was treibt dich innerlich an?
* Was bewegt dich?
* Woran glaubst du?
* Was willst du bewirken?
* Warum willst du genau diesen Job, in diesem Unternehmen?

Im besten Fall passt das, was dich antreibt, mit dem Zweck des Unternehmens (Vision & Mission), bei dem du dich bewirbst, zusammen.

Das ist die Voraussetzung damit du dich für deinen zukünftigen Job begeistern kannst.

> „Begeisterung erhebt das Leben über das Alltägliche
> und verleiht ihm erst einen Sinn."
>
> Norman Vincent Peale

Persönlichkeit ist dein Alleinstellungsmerkmal

Stelle heraus, welche Qualitäten dich und deine Arbeit auszeichnen.

* WIE arbeitest du?
* Welche Stärken und Fähigkeiten bringst du mit?
* Warum bist du die beste Besetzung für den Job?

Selten ist es allein die fachliche Qualifikation, sondern meist eine Kombination aus beruflicher Erfahrung sowie persönlichen Eigenschaften und sozialen Kompetenzen, die dich von anderen Mitbewerbern unterscheiden.

Hier ist die Passung deiner Person mit der Stelle entscheidend (#42), damit du in deinem Element bist und dein Potenzial entfalten und weiter entwickeln kannst.

Das WAS ist der Beleg für dein WIE und WARUM

Anstatt Schlagwörter aufzuzählen, bietet es sich an, das WIE (d.h. deine Kompetenzen) mit dem WAS zu belegen.

Indem du veranschaulichst in welchen konkreten Projekten oder Aufgaben du dir deine Kompetenzen und Fähigkeiten angeeignet bzw. weiterentwickelt hast, schaffst du Glaubwürdigkeit.

Dies ist der Querverweis zum Lebenslauf und deiner Berufserfahrung.

Mind the Gap (Achte auf die Lücke)

Wann immer ich meine Kunden im Bewerbungsprozess unterstütze, äußern sie die gleichen Bedenken:

- Ich erfülle nicht alle Kriterien.
- Ich habe nicht die erforderliche Qualifikation.
- Diese Position ist eine Nummer zu groß für mich.
- Ich bin nicht gut genug (#14).

Falls es Lücken zwischen den Anforderungen und deinem heutigen Profil gibt, übergehe diese nicht einfach. Zeige deinem zukünftigen Arbeitgeber, was du tust oder tun wirst, um diese zu schließen, z.B. einen Englischkurs belegen.

Hier ist es hilfreich, Eigeninitiative zu zeigen und Eigenverantwortung zu übernehmen anstatt die Entwicklung deines Bewerberprofils in die Hände anderer zu legen.

Die Karten neu mischen

Unterm Strich wandelt sich die Formel für geeignete Bewerber:

Motivation + Persönlichkeit > fachliche Qualifikation

Das empfohlene Vorgehen beim Bewerbungen schreiben bedarf mehr Zeit zur Selbstklärung. Doch du erkennst frühzeitig, ob eine ausgeschriebene Stelle tatsächlich das Potenzial zum „Traumjob" (#6) hat.

Ich wünsche dir eine überzeugende Woche,
Katja

* Alternativen zur klassischen Bewerbung findest du auf:
www.50wegezumjob.de

#35 Ich habe eine Schwäche für ... !

... Seitenbacher Müsli.

Das war die lustigste Antwort, die mir je ein Bewerber auf die Frage nach seinen Schwächen gegeben hat.

„Stärken stärken" lautet die Parole von der Kindererziehung bis zur Personalentwicklung. Doch vielen fällt es leichter, ihre Schwächen aufzuzählen, als die Dinge, die sie an sich schätzen.
Geht es dir ähnlich?

Dann habe ich heute gute Nachrichten für dich:

Schwächen sind relativ zum Umfeld

Erinnerst du dich an den Pinguin (#15)? Für die Steppe ist der Pinguin mit seinen kurzen Beinchen nicht gut ausgestattet. Doch im Wasser ist der stromlinienförmige Körper in seinem Element.

Die vermeintlichen Schwächen sind versteckte Stärken, die dich in deinem Element zum „Schwimmen" befähigen.

Schwächen sind zu viel des Guten

Hinter unseren Schwächen verbergen sich unsere guten Qualitäten. Entscheidend ist das „rechte Maß". Es ist wie der Unterschied von „gut" und „gut gemeint". Übertreiben wir eine grundsätzlich positive Eigenschaft, kann diese zum Stolperstein werden.

Schwächen sind Entwicklungschancen

Mein Kunde Karl-Henry wurde nach Redaktionssitzungen immer wieder dafür kritisiert, dass er keine klare Position vertrat. Er wurde in Diskussionen als zurückhaltend, unentschieden bis einknickend wahrgenommen. Karl-Henry selbst haderte mit seinem mangelnden Durchsetzungsvermögen.

Gemeinsam überlegten wir, welche Stärken sich hinter diesen Schwächen verbergen könnten. Wir kamen darauf, dass Karl-Henry in der Lage ist, die Perspektive zu wechseln und Situationen aus verschiedenen Blickwinkeln zu betrachten. Dadurch kann er Verständnis für die Sichtweise und Bedürfnisse anderer entwickeln. In Konflikten agiert er eher ausgleichend und vermittelnd statt sich auf eine Seite zu schlagen oder eine Gegenposition zu beziehen.

Beim Brainstorming für die verschiedenen Berufsideen bezogen wir diesen Gedanken mit ein: In welchem Umfeld könnte er aus seinem Stolperstein eine Stärke entwickeln?

Karl-Henry hat berufsbegleitend eine Ausbildung zum Mediator absolviert. Hier ist er in seinem Element, mit Freude und neuer Energie. Seine vermeintliche Schwäche kommt ihm in dieser Tätigkeit zugute.

Per se gut oder schlecht gibt es nicht

 Wenn du wieder einmal mit einem deiner Stolpersteine haderst, **überlege**, welche positiven Eigenschaften sich dahinter verbergen.

„Inmitten von Schwierigkeiten,
liegt oft die Möglichkeit"

Albert Einstein

Im Notfall ändere das Element, in dem du dich bewegst. Etwas, das in deinem aktuellen Arbeitsumfeld eine Schwäche ist, kann woanders eine Stärke und ein Mehrwert für andere sein.

Ich wünsche dir eine versöhnliche Woche mit deinen Schwächen,
Katja

#36 Guten Morgen, liebe Sorgen

... seid ihr auch schon alle da?

So titelt ein Song von Jürgen von der Lippe.

Schwarzmalerei

Wer kennt das nicht?

Kaum aufgewacht, kreisen unsere Gedanken um unseren Job, die Finanzen, Gesundheit, Kinder, ... das Weltgeschehen.

Der Partner geht nicht ans Telefon oder verspätet sich?
Panik steigt auf, was alles passiert sein KÖNNTE.

Den Job kündigen?
Bei dem Gedanken befürchten selbst gut ausgebildete und bislang erfolgreiche Arbeitnehmer, dass sie unter der Brücke landen.

Was habe ich?
Wir befragen „Doktor Google" und glauben, dass wir oder uns nahestehende Personen von einer schweren Krankheit betroffen sind.

Wo soll das alles hinführen?
Uns wird angst und bange beim Blick in die Zukunft, angeheizt durch die Negativschlagzeilen in der Presse und den Abendnachrichten.

Wer kann denn da noch ruhig schlafen?
Lieber gehen wir vom Schlimmsten aus, um vermeintlich besser vorbereitet zu sein oder nicht enttäuscht zu werden.

> Wer zum Optimismus neigt,
> ist zu naiv für den Ernst des Lebens.

Vernunftfähigkeit als Alleinstellungsmerkmal

Im Gegensatz zum Tier haben wir Menschen die Fähigkeit zur Vorstellung und Reflexion. Anstatt nur auf Umweltreize zu reagieren, können wir Situationen gedanklich durchspielen, Pläne schmieden und „vernünftig" handeln.

Und weil unsere Spezies so „schlau und kreativ" ist, malen wir uns all die Möglichkeiten im Detail aus, die unter gewissen Umständen passieren könnten oder müssten ... mit Tendenz zum „katastrophisierenden" Denken.

„Sorgen sind ein Missbrauch der Fantasie."

Indisches Sprichwort

In der Folge sind wir allein von der Vorstellung der bevorstehenden Katastrophe gelähmt. Wer das Eintreten negativer Ereignisse höher einschätzt als einen positiven Ausgang, der traut sich keinen Schritt vorwärts (#7).

Möglich ist es, aber wie wahrscheinlich?

Dabei betrachten wir die Möglichkeit, dass ein gewisses Ereignis eintritt, allerdings nicht dessen Wahrscheinlichkeit.

Das ist wenig vernünftig.

Wenn wir ehrlich mit uns selbst sind: 9 von 10 Sorgen erweisen sich im Nachhinein als unbegründet.

Fakt ist: Wenn wir uns zu viele Sorgen über das ungeschriebene Blatt unserer Zukunft machen, vergeuden wir wertvolle Energie und kostbare Zeit.

Dann haben wir keine Kraft mehr, uns mit den Dingen auseinanderzusetzen, die wir tatsächlich in Angriff nehmen und bewältigen könnten.

Don't worry, be happy!

Das ist leichter gesagt als getan.
Wie gelingt es, die Sorgenspirale zu unterbrechen?

 Für mich hat sich folgende **Vorgehensweise** bewährt:

1. STOPP (Innehalten)

Unsere Gedanken sind rasend schnell und ehe wir es realisieren, sind sie auf die Sorgen-Autobahn eingebogen und beschleunigen in Richtung Katastrophe.

Sobald du das wahrnimmst, sage innerlich oder laut:
„STOPP, dieser Gedanke interessiert mich nicht!"

Das erfordert eine klare Entscheidung, sich von dem Katastrophenszenario zu distanzieren.

2. HIN ZU! (Richtungswechsel)

Was wünschst du dir STATTDESSEN?

Lenke deine Vorstellungskraft und Aufmerksamkeit auf den Ausgang, den du dir tatsächlich wünschst (#17). Entwickle ein detailliertes Bild, dass dich wirklich anzieht.

3. **TUN (aktiv gestalten)**

Hole deine Sorgen aus der Glaskugel der Zukunft zurück ins Hier und
Jetzt. Tue, was getan werden muss, um einen Impuls in die gewünschte
Richtung zu setzen.

* Was kann ich hier und heute dafür tun?
* Welche Entscheidungen treffen?
* Welche Maßnahmen ergreifen?

Statt dich zu sorgen, sorge gut für dich.

4. **REPEAT! (Wiederhole)**

Vermutlich gelingt dir das nicht gleich auf Anhieb. Je eingefahrener
deine Gedanken auf der Sorgen-Autobahn sind, desto schwerer fällt es,
neue Wege zu entdecken.

Bleib' dran!
Du entscheidest, ob du deine Sorgen oder deine Zuversicht GEDANK-
LICH fütterst. Für was auch immer du deine Aufmerksamkeit inves-
tierst, es wird darauf einzahlen.

Ich wünsche dir eine um ein paar Sorgen erleichterte Woche,
Katja

#37 Ausprobieren geht über Studieren

Letztens im Workshop kam wieder DIESE Frage:

„Muss ich nicht erst mal ein klares Bild vor Augen haben, was ich will, bevor ich losgehen kann?"

NEIN!!!

Woher sollst du wissen, was du wirklich willst, wenn du dich nur „theoretisch" mit dir und deinen Vorstellungen von einem Job, der zu dir passt, beschäftigst?

Job-Dating

Im BerufungsCoaching vergleiche ich die Berufswahl gern mit der Partnerwahl. Die Stellenbörse mit einer Online-Dating-Plattform.

Natürlich ist es hilfreich, sich selbst zu reflektieren, um mehr Klarheit und Orientierung zu gewinnen, in welche Richtung die Reise geht. Auf der Dating-Plattform werden dir entsprechend deiner „Kriterien" potentielle TraumpartnerInnen vorgeschlagen, die (theoretisch) zu dir passen. Im BerufungsCoaching entwickeln wir verschiedene Job-Ideen.

Doch erst, wenn du dem Menschen oder eben Job im „wahren" Leben begegnest, wirst du mit Haut und Haaren erleben können, ob der „Funke" überspringt.

Wenn der Traumjob zum Alptraum wird

Dazu hatte ich in 2012 eine interessante Begegnung. Ich zog gerade in mein erstes Büro in Düsseldorf ein, als nebenan ein kleines Café eröffnete. In der Mittagspause kam ich mit dem Inhaber ins Gespräch. Er war lange Jahre im Außendienst tätig und wollte nicht mehr soviel unterwegs sein. Mit dem Café hat er sich einen Traum verwirklicht. Ein halbes Jahr später übernahm jemand anderes den Laden.

Zufällig traf ich den Vorbesitzer wieder und hatte die Gelegenheit nachzufragen, warum sein Traum geplatzt sei.

Er hatte die festen Anwesenheitszeiten unterschätzt. Von früh bis spät an einem Ort „festzusitzen" war nicht sein Ding (#42). Eventuell hätte er das vorher erkennen können, wenn er einen selbstehrlichen Blick auf seinen Persönlichkeitstyp geworfen hätte.

Doch die Berufswahl (und Partnerwahl) ist so komplex, dass uns einige Dinge erst bewusst werden, wenn wir es selbst „in echt" erleben.

Ausprobieren

Dieser Schritt ist entscheidend, wenn du nicht nur mit einer naheliegenden (Übergangs-)Lösung liebäugelst, sondern dich beruflich neu orientieren willst.

Denn die Gefahr ist groß, dass du im Gedankenkarussell des Suchens stecken bleibst (#16). Um das zu vermeiden, hilft es erste Ideen praktisch zu testen – möglichst bevor du deinen Job kündigst.

Im Gegensatz zu einem klassischen, mehrmonatigen Praktikum testest du dabei deine Job-Idee(n) mit minimalem zeitlichen und finanziellen Aufwand (= geringem Risiko).

Ziel ist es, in den Joballtag rein zu schnuppern und EIGENE, praktische Erfahrungswerte zu sammeln sowie interessante Kontakte zu knüpfen.

Ein Tag oder eine Woche genügen oftmals schon, um sich einen ersten Eindruck zu verschaffen.

Jannike Stöhr hat in ihrem Traumjob-Experiment **30 Jobs in einem Jahr**[9] getestet. Welche Jobs sie getestet und was sie erlebt hat, kannst du auf ihrem gleichnamigen Blog und in ihrem Buch nachlesen.

Ebenfalls hilfreich ist es mit jemanden zu sprechen, der in dem Job tätig ist, für den du dich interessierst. Auf watchado.com findest du Interviews mit Menschen, die dir einen Einblick in ihren Berufsweg und Joballtag geben. ABER bedenke: die Erfahrungswerte anderer sind die Erfahrungswerte ANDERER und lassen sich nicht 1:1 auf dich übertragen.

Einfach mal selber machen

Meine Kundin Ariane hat eine Woche „Praktikum" gemacht, bevor sie sich dazu entschied, ihre Position als Teamleiterin aufzugeben und nochmal die Schulbank zu drücken – für die Ausbildung zur Winzerin. Diesen mutigen Schritt hat sie nicht bereut. Sie lebt ein anderes Leben, das besser zu ihr passt.

> „Und was, wenn Job-Idee A nicht funktioniert?
> KEINE PANIK!
> Das Alphabet hat noch 25 weitere Buchstaben."
> Unbekannt

Mit jedem (kleinen) Schritt lernst du Neues kennen, öffnest deinen Blick und gewinnst Klarheit, was du wirklich willst.

Verschwende nicht deine Lebenszeit damit ewig über den perfekten Job (#5) nachzudenken – geh' los!

> „Dem Gehenden schiebt sich der Weg unter die Füße."
> Martin Walser

Ich wünsche dir eine probierfreudige Woche,
Katja

#38 Positives Denken? Die Macht der Unzufriedenheit

Ich bin ein bekennender Optimist.

Dennoch glaube ich, dass Positives Denken überschätzt bzw. missverstanden wird.

Denke positiv!?

In den 90er Jahren hat die Psychologie eine Kehrtwende vollzogen. Der Forschungsschwerpunkt verlagerte sich weg von der Defizitorientierung hin zu dem was uns stärkt, unser Wohlbefinden und die Lebensqualität steigert. Seitdem hält die Positive Psychologie (langsam) Einzug in Erziehung und Bildung, das Gesundheitssystem und Unternehmen.

Wissenschaftlich belegt ist, dass positive Gefühle einen Einfluss auf Gesundheitszustand und Lebenserwartung haben.

Doch mir scheint, einige verwechseln Positives DENKEN mit Positivem FÜHLEN.

Positive Affirmationen begleiten Millionen von Menschen auf Klebezettelchen vom Schlafzimmer über das Bad bis zum Schreibtisch:

„Lächle!"
… auch wenn dir ganz und gar nicht danach zumute ist.

Doch eine optimistische Lebenshaltung entfaltet nur dann ihre Vorzüge, wenn unsere innere Gefühlswelt damit in Resonanz geht.

Selbstehrlichkeit

Das Schwarzmalen und das Schönreden sind zwei Seiten einer Medaille, die nicht auf eine realistische Einschätzung der Situation einzahlt. Keines von beiden bringt uns wirklich weiter.

Wenn wir uns etwas schönreden – den Job, die Partnerschaft, die Wohnsituation, das Weltgeschehen … – unterdrücken wir die unangenehmen Gefühle bzw. die Konsequenzen, die wir befürchten, wenn wir ehrlich mit uns selbst wären.

Wir richten es uns so kuschelig wie möglich in der Komfortzone des „Okay" ein und geben uns zufrieden. Schließlich jammern wir auf hohem Niveau.

Es wächst ein diffuses Gefühl der Unzufriedenheit, das an unserem Nervenkostüm nagt und von schlechter Laune über Gereiztheit bis hin zu depressiver Verstimmung ausschlagen kann.

Ich bin davon überzeugt, dass zwanghafter Zweckoptimismus und krampfhaftes Dauergrinsen krank machen können, wenn wir negative Emotionen in die Tiefen der menschlichen Psyche verbannen.

Emotionen dienen zur persönlichen Orientierung

Für unsere Psychohygiene sind sowohl positive als auch negative Gefühle von Bedeutung. Zudem dienen unsere Emotionen als Navigationshilfe und geben uns eine Orientierung in der Welt:

- Was ist mir persönlich wichtig?
- Was fühlt sich für mich stimmig an? Was nicht?
- Was bewegt mich?

Unsere Emotionen sind ein Indiz dafür, wie es gerade um uns steht. Bei einer anhaltenden Unzufriedenheit gilt es, diese nicht zu verdrängen, sondern genauer hinzuschauen, um unsere wahren Bedürfnisse und Motive wahrzunehmen.

So kann die Unzufriedenheit zur Antriebsfeder werden, um notwendige Entscheidungen zu treffen oder erforderliche Schritte zu gehen
– im Kleinen wie im Großen.
Individuell wie gesellschaftlich.

Bereits Aldous Huxley sagte:

„Den Unzufriedenen verdanken
die Menschen den Fortschritt."

Ein Hoch auf die Unzufriedenheit

Unzufriedenheit stößt Veränderungen an.
Unzufriedenheit treibt Entwicklung voran.

Oberflächliche Zufriedenheit ruft Langeweile und Stillstand hervor.

Veränderung ist ein fester Bestandteil des Lebens.
Wenn du die Zufriedenheit als Lebensziel wählst, dann widme anhaltender Unzufriedenheit deine Aufmerksamkeit.

 **Frage dich ...**
Was steckt wirklich dahinter?

Und dann tue, was getan werden muss ...

Ich wünsche dir eine fortSCHRITTliche Woche dank deiner Unzufriedenheit,
Katja

P.S. Dieser Impuls wurde von den Blog-Lesern im August 2017 zum beliebtesten Montags-Impuls gewählt.

#39 Mehr Wertschätzung, bitte!?

Fehlt dir die Anerkennung deiner Person und Arbeit?
Fühlst du dich zu wenig beachtet?
Wünschst du dir mehr Wertschätzung?

Sei du selbst die Veränderung, die du dir wünschst

 Ich lade dich zu einer kleinen **Übung** mit großem Effekt ein:

1. Wähle (mindestens) drei Personen aus:
- Wer bereichert deinen Berufs- und Lebensalltag?
- Wer unterstützt dich?
- Wem bist du dankbar?
- Wer inspiriert dich?

Betrachte dabei insbesondere die Bereiche und Personen in deinem Leben, wo dir gerade die Wertschätzung fehlt.

2. Überlege dir, wofür du die jeweilige Person wertschätzt:

Sei **persönlich**: Was zeichnet diese Person besonders aus?
Sei **konkret**: In welchen Momenten sind diese Eigenschaften für dich sichtbar und/oder hilfreich gewesen?
Sei **emotional**: Der Mund kann viel sagen, aber das Herz spricht zu uns (auch am Arbeitsplatz).

3. Teile deine Wertschätzung wertschätzend mit:

Drei Worte zwischen Tür und Angel gehen oft unter oder verhallen schnell. Nimm' dir die Zeit und schreibe deine Wertschätzung auf. Natürlich geht das auch per Whats App oder E-Mail. Angenommen du erhältst eine schöne Karte oder sogar einen Brief, wie würde sich das für dich anfühlen?

Wenn dir das Schreiben nicht liegt, nimm' ein kurzes Video oder eine Sprachnachricht auf.

Für den Empfänger ist es toll, deine wertschätzenden Worte immer wieder lesen oder hören zu können, wenn es eine Aufmunterung braucht.

4. Nimm' dir die Zeit!!!

Wenn du dich dafür entscheidest, dann schiebe deine Wertschätzung nicht auf die lange Bank wie eine unliebsame Aufgabe.

Ein positiver Nebeneffekt der Übung:
Wer eine wertschätzende Haltung anderen gegenüber zeigt, wird selbst öfter wertgeschätzt.

> „Sei du selbst die Veränderung,
> die du dir wünschst für diese Welt"
>
> Mahatma Gandhi

Setze in dieser Woche einen kleinen Impuls für mehr Wertschätzung in deinem (Job-) Alltag.

Ich wünsche dir eine wertschätzende Woche,
Katja

#40 Wie du Kritik weniger persönlich nimmst

Mach' es allen recht!

Wenn dieser „innere Antreiber" bei dir stark ausgeprägt ist, dann nimmst du Kritik wahrscheinlich persönlicher als deine Mitmenschen.

Die Stärken dieses Antreibers sind, dass du im Umgang mit anderen meist achtsamer und emphatischer bist. Er hilft dir im positiven Sinne gute Beziehungen aufzubauen und zu pflegen.

Gleichzeitig reagieren Menschen mit diesem „Mach-es-allen-recht"-Antreiber empfindlicher auf negative Bemerkungen oder auch schlechtes Benehmen. Sie beziehen die Worte und das Verhalten der anderen schnell auf sich selbst.

Die gut gemeinten Ratschläge:
„Sei doch nicht so sensibel!"
oder
„Nimm' es dir nicht so zu Herzen!"
helfen dabei wenig.

Damit würden wir uns von unseren Gefühlen und dem Anteil in uns abschneiden, der mit anderen Menschen fühlt – der eigentlichen Stärke.

Die Kunst liegt im Umgang mit kritischen Rückmeldungen.

Wie gelingt es, dir diese weniger zu Herzen zu nehmen?
Gelassener zu bleiben (#19)?
Souveräner darauf zu reagieren?

Mir persönlich hat die folgende Erkenntnis geholfen:

> Kritik sagt weniger über denjenigen aus, der sie empfängt,
> als über denjenigen, der sie äußert.

Ordne Kritik als das ein, was sie ist:

EINE MEINung

EINER Person (von mittlerweile 7,5 Milliarden),
Die immer nur EINEN Ausschnitt von dir wahrnimmt (den du von dir
preisgibst).

Aus IHRER Perspektive, die geprägt ist durch IHRE Erfahrungen
und verinnerlichten Überzeugungen.

 Folgende **Vorgehensweise** hat sich bewährt:

Bevor du innerlich erstarrst und die Jalousien runterziehst,
dich mit Rechtfertigungen oder zum Gegenangriff wappnest
oder gleich ganz „Reißaus" nimmst …

… Atme tief durch und komme bewusst zu dir.
… Höre genau hin, ohne den anderen zu unterbrechen.
… Frage nach konkreten Situationen und Beispielen, falls es dir schwer
fällt, die Kritik einzuordnen.
… Gestehe dir Fehler (#12) und Schwächen ein, wenn du erkennst,
dass DEIN innerer Kritiker durch dein Gegenüber zu dir spricht.

Nobody is perfect!

Falls dir die Kritik nicht angemessen oder gerechtfertigt erscheint,
kannst du zum Ausdruck bringen, dass du anderer Meinung bist (ohne
dein Gegenüber von deiner Meinung überzeugen zu wollen).

„Jeder hat das Recht auf seine eigene MEINung."

Grundrecht

Ich wünsche dir eine kritikfähige Woche,
Katja

#41 Kreativität: Dein Ritual für mehr Schaffenskraft

Wenn ich mehr Zeit hätte, dann könnte ich endlich alle meine Ideen umsetzen ...

So habe ich auch lange gedacht. Doch meine Erfahrung hat mich eines Besseren belehrt:

MEHR ZEIT BEDEUTET NICHT GLEICH MEHR SCHAFFEN

Zu leicht lassen wir uns ablenken.
Fangen etwas an, treffen auf ein Hindernis und springen zum nächsten.
Verlieren wir uns in Informationsrecherchen.
Fehlen uns noch wichtige Utensilien.
Verzetteln wir uns im Multitasking.
Schieben wir es auf die arme Zeit, die dann doch wieder zu wenig ist.

Wie im Fluge geht eine Stunde, ein Tag oder eine Woche vorbei ...
und wir fragen uns, was wir eigentlich geschafft haben.

Die guten Ideen verstauben in der Schublade (#21).

Wie bekommen andere das in ihrem voll gepackten Alltag zusätzlich auf die Reihe?

Bei der Verteilung von Zeit (#4) herrscht Gleichberechtigung.
Wie wir die Zeit nutzen, ist zum einen eine Frage der Prioritäten.
Zum anderen eine Frage von Struktur.

Ich habe mich lange gegen feste Abläufe und Regeln gewehrt.
Mein Glaubenssatz lautete:

KREATIVITÄT BRAUCHT FREIRAUM

Studien belegen: Die besten Ideen kommen „unter der Dusche" bzw. im Entspannungsmodus, wenn unser Oberstübchen im Leerlauf ist. In diesem Modus wird das Erlebte und Erlernte verarbeitet und mit unseren bisherigen Erfahrungen verknüpft. Manchmal entsteht dabei die zündende Idee.

Allerdings sind diese Geistesblitze NICHTS wert, solange wir sie nicht umsetzen.

Ideen kommen oft aus heiteren Himmel.
Die Umsetzung nicht.

Genau dafür benötigt es ebenfalls Freiraum im Sinne von Abschottung von Außenreizen, Störfaktoren und anderen Verpflichtungen:

DEIN SCHAFFENS-RITUAL

Nachweislich sind wir produktiver, wenn wir uns konzentriert einer Aufgabe widmen. Eben nicht von einem zum anderen springen, sondern uns in eine Sache vertiefen.

Ein Schaffens-Ritual öffnet den Raum, um deine Ideen aus dem Kopf in die Realität zu bringen. Dafür ist ein gewisses Maß an Stabilität und Struktur hilfreich, um Flow zu ermöglichen.

z.B. der GLEICHE Ort,
die GLEICHE Tageszeit,
die GLEICHEN Abläufe.

Je nach Idee und Projekt, kannst du mit 20 Minuten pro Tag starten.
Für größere Aufgaben nimm' dir 90 Minuten bis max. 2 Stunden Zeit.

Spätestens nach 2 Stunden sinkt unsere Konzentrationsfähigkeit, so dass du dich im Anschluss ruhigen Gewissens den Aufgaben widmen kannst, die weniger geistige Leistungsfähigkeit erfordern.

Entscheidend ist die Kontinuität, dass du dir regelmäßig die Zeit nimmst. Ähnlich wie beim Sport stellt sich so eine gewisse Routine ein.

Vorausgesetzt du hast Freude an dem, was du erschaffen möchtest.

MITTWOCHMORGEN 10 UHR IN DER KUCHENGLOCKE

Nachdem mein Alltag sich wieder gefüllt hat, pflege ich seit 3 Wochen ein neues Schaffens-Ritual: Am Mittwochmorgen nehme ich mir 2 Stunden Zeit, gehe ich in mein Lieblingscafé, frühstücke und schreibe einen Montags-Impuls.

In den ersten beiden Wochen ist mir das gar nicht so leicht gefallen. Länger recherchieren, einen Anruf zwischendurch annehmen, doch noch mal das Thema wechseln, wenn die Worte nicht gleich sprudeln … überall lauerten Kreativitäts-Killer. Doch mittlerweile komme ich schneller in den Schreibfluss.

Meine Ideen kommen mir weiterhin beim Spazierengehen mit unserer Hündin Paula, beim Schwimmen oder kurz nach dem Aufwachen.

Doch in meinem wöchentlichen Schaffens-Ritual bringe ich meine Ideen und Gedanken „zu Papier".

Ein positiver Nebeneffekt ist, dass auch die Ideen wieder freier fließen.

…

Welche Idee oder welches Projekt möchtest du schon lange umsetzen? Wann schaffst du dir den Freiraum, dich regelmäßig – am besten täglich, mindestens wöchentlich – deinen kreativen Einfällen und deren Umsetzung zu widmen?

Ich wünsche dir in dieser Woche mehr Schaffenskraft,
Katja

#42 Dein Umfeld: Was nicht passt, wird passend gemacht

Damit wir unser Potenzial entfalten können, braucht es die passende Umgebung (#15).

Bist du in deinem Element?

Um zu erkennen, ob du im passenden Umfeld bist, betrachte noch einmal deine Lebensbilanz (#10). Unter Schritt 4 hattest du eine Momentaufnahme erstellt, wie zufrieden du in deinem Leben bist – beruflich und persönlich.

Hat sich in den letzten Monaten etwas verändert?
Wo stehst du heute?

 Dann stelle dir folgende **Frage**:

Angenommen, du könntest deine aktuelle Tätigkeit, die Aufgaben und Projekte ... so weiterführen wie bisher, doch das Arbeitsumfeld und die Rahmenbedingungen wären in deinem Sinne optimal, z.B.
* Du hättest einen kürzeren **Arbeitsweg,** könntest zu Fuß gehen, mit dem Fahrrad fahren oder müsstest nicht länger pendeln.
* Du könntest deine **Arbeitszeiten** flexibel gestalten oder hättest die Möglichkeit, **Teilzeit** zu arbeiten.
* Du könntest im **Home Office** oder **mobil** von überall arbeiten
* Du könntest weniger oder mehr **geschäftlich reisen.**
* Du könntest **international / im Ausland** arbeiten.
* Du hättest mehr **Ruhe,** um konzentriert zu arbeiten oder mehr **Austausch** mit anderen.
* Du hättest einen **Chef** oder **Kunden,** die deine Arbeit wertschätzen.
* Du könntest mehr **selbst entscheiden und gestalten.**
* Du hättest freundliche und kompetente **Kollegen** und ein kooperatives **Teamklima.**
  ... (ergänze gern deine persönlichen Präferenzen)

Wie würde sich das auf deine berufliche Zufriedenheit auswirken?

Minimal. Dann deutet eine eventuelle Unzufriedenheit eher darauf hin, dass dir die Tätigkeit an sich, die Aufgaben und Themen, die deinen Job ausmachen, nicht liegen oder dich nicht wirklich interessieren.

Deutlich. Dann könntest du im ersten Schritt prüfen, welche Möglichkeiten sich in deinem aktuellen Arbeitsumfeld bieten, um dieses stimmiger, d.h. entsprechend deiner Bedürfnisse zu gestalten.

Mache dir zunächst bewusst, in welchem Umfeld und unter welchen Bedingungen dir die Arbeit am besten von der Hand geht?

- Was fühlt sich frei an und stärkt dich?
- Was engt dich ein und raubt dir Energie?
- Welche Schritte könnten zu einer besseren Lösung führen?
- Was kannst du selbst anstoßen oder verändern?

Passt du rein?

Betrachte dich nicht als „Opfer der Umstände" (#32). Schon gar nicht, bevor du auch nur ein Gespräch mit deinem Chef oder deinen Kollegen geführt hast. Einen Versuch ist es wert. Viele meiner Kunden waren überrascht, was möglich wird, sobald sie ihre Bedürfnisse klar kommunizieren und Lösungsvorschläge mit einbringen.

Ich wünsche dir eine passgenaue Woche,
Katja

P.S. Falls es tatsächlich darum geht, einen komplett neuen Weg einzuschlagen, dann ist es hilfreich, dich in das entsprechende Umfeld zu begeben und mit den Menschen zu sprechen, die bereits in deinem potentiellen Traumjob arbeiten (#37).

#43 Unentschieden? Die Qual der Wahl

Die ersten 7 Jahre meines Lebens bin ich in der DDR aufgewachsen. Bezeichnend für diese Zeit war, dass die Auswahl für die Bürger in vielerlei Hinsicht begrenzt war: Vom Urlaubsziel und Wohnraum über das Auto … bis hin zum Lebensmittelsortiment.

Mit der Wende öffneten sich die Türen zur Welt der grenzenlosen Möglichkeiten (#31). Wo früher Knappheit und Mangel herrschte, sind wir heute mit Überfluss konfrontiert.

Mehr Auswahl, mehr Unzufriedenheit

Einerseits fasziniert uns eine große Auswahl, indem sie uns ein Gefühl der Wahlfreiheit vermittelt.

Andererseits steigt mit dem mehr an Möglichkeiten auch die Erwartungshaltung an die getroffene Wahl und die Angst vor einer Fehlentscheidung (#12).

Für Entscheidungen im Alltag, wie z.B. die Wahl der Marmeladensorte, ist ein „Fehlgriff" zu verkraften. Die Herausforderung steckt in den grundlegenden Fragen und Entscheidungen des Lebens, z.B.

* Wie und wo will ich leben?
* Welchen Ausbildungs-/Studienweg will ich gehen?
* Welchen Partner, Beruf, … will ich wählen?

Verglichen mit früheren Generationen und anderen Gesellschaften sind wir freier, unser Leben nach den eigenen Vorstellungen zu gestalten.

Das Internet hat uns den Blick für zahlreiche Möglichkeiten geöffnet und den Zugang dazu erleichtert. Doch die moderne Multioptionsgesellschaft macht uns nicht zufriedener.

Vielmehr wächst mit dem mehr an Optionen die Orientierungslosigkeit und innere Unsicherheit sowie der Erwartungsdruck, das Bestmögliche rauszuholen.

Aus Furcht vor einer schlechten Wahl, schöpfen wir die neu gewonnene Freiheit nicht annähernd aus, sondern verharren lieber unentschieden in einer Situation oder folgen den Erwartungen / Entscheidungen anderer.

Selbst wenn wir uns entscheiden, bleibt das unterschwellige Gefühl, dass es womöglich noch eine bessere Alternative gibt.

Was kannst du tun?

Streiche Optionen

Das fühlt sich nach einer Einschränkung deiner Freiheit an?

> „Wer versucht, sich immer alle Türen offen zu halten,
> wird sein Leben auf dem Flur verbringen."
>
> Unbekannt

Die eigentliche Frage lautet: Was will ich wirklich?

Dein innerer Kompass

Wenn uns die Orientierung im Außen fehlt, braucht es eine andere Navigationshilfe, mit der wir gute Alltags- und Lebensentscheidungen treffen können.

Diese Navigationshilfe liegt in dir selbst und deiner Persönlichkeit.

Deine individuellen Bedürfnisse und Fähigkeiten sowie deine persönlichen Vorstellungen von einem guten Leben sind die Grundlage für gute, d.h. passgenaue Entscheidungen[10] (#42).

Auch wenn uns die Gesellschaft vermittelt, dass alles möglich ist, wir sind weder geborene Alleskönner noch Alleswoller.

Je besser du dich selbst kennst, desto leichter kannst du die passende Wahl aus der bunten Vielfalt des Lebens für dich treffen.

Ich wünsche dir in dieser Woche eine gute Wahl, Katja

#44 Glück. Wo hast du das gefunden?

… ich habe überall danach GESUCHT.

Das habe ich selbst gemacht!

Mit dem Glück verhält es sich wie mit dem Sinn. Wir streben danach, ein glückliches und sinnerfülltes Leben zu führen. Doch beides lässt sich nicht auf direktem Wege erreichen und schon gar nicht FINDEN.

Im Gegenteil: Je angestrengter wir SUCHEN, desto weiter scheinen sich das Glück und der Sinn von uns zu entfernen (#16). Je länger wir Ausschau halten ohne etwas (in unseren Augen relevantes) zu finden, desto verzweifelter wird die Suche. Und unsere Erwartungshaltung an das „Ergebnis" – nach all den Bemühungen – steigt.

Glück gibt es nicht auf Patentrezept

Das Empfinden von Glück (und Sinn) ist kein eigenständiges Endprodukt, sondern eher eine Begleiterscheinung wenn wir im Einklang mit uns selbst, also stimmig leben und handeln.

Glück ist wie ein Gefäß, das wir selbst mit den Dingen füllen, die für uns persönlich wertvoll sind.

Wir Menschen unterscheiden uns hinsichtlich unserer persönlichen Bedürfnisse und Vorstellungen von einem glücklichen Leben sowie unserer individuellen Kompetenzen, uns diese zu erfüllen.[12]

Daher gibt es kein Patentrezept, wie wir ein glückliches Leben führen können. Je besser wir uns selbst (er-)kennen, desto eher kann es uns gelingen, Glücksmomente selbst zu gestalten anstatt diese rein dem „Zufall" zu überlassen.

Eine Möglichkeit unserem persönlichen „Rezept" für Glück auf die Schliche zu kommen, ist es, vergangene Momente, in denen wir Glück empfunden haben, umfassend zu betrachten. Dafür eignet sich das NLP Modell der Logischen Ebenen[11], welches von Robert Dilts entwickelt wurde.

Dein Glücksmoment

 Wähle dafür einen konkreten Moment aus deinem Berufs- und/
oder Privatleben aus. Welche „**Zutaten**" tragen dazu bei, dass
gerade dieser Moment dich glücklich macht?

Dein Umfeld:
In welcher Umgebung oder an welchem Ort bist du?
Welche Menschen sind beteiligt? Oder bist du gerade allein?

Dein Tun und deine Interessen:
Was tust du / trägst du dazu bei, um diesen Moment zu erschaffen?
Welche Tätigkeiten oder Aufgaben bereiten dir Freude?
Welche deiner persönlichen Interessen spielen dabei eine Rolle?

Deine Begabungen und Fähigkeiten:
Welche deiner Eigenschaften und Stärken kommen zum Einsatz?
Was fällt dir leicht?
Oder fordert dich der Moment im positiven Sinne heraus, schlummern-
de Potenziale zu entdecken und über dich hinaus zu wachsen?

Deine Bedürfnisse, Werte und Motive:
Warum ist dieser Moment für dich bedeutungs- und wertvoll?
Welche deiner Bedürfnisse sind erfüllt?
Was treibt dich innerlich an?

Deine Rolle und Identität:
Als wer wirkst du / wer bist du für andere?

Dein Sinn (die hohe Kunst!):
Erkennst du einen übergeordneten Sinn, warum dich gerade dieser
Moment glücklich macht?

Betrachte deinen persönlichen Glücksmoment aus diesen verschiedenen
Perspektiven. Auf diese Art und Weise erkennst du, welche „Zutaten"
es braucht, damit du persönlich einen Moment als glücklich empfindest.

Du kannst diese Betrachtung für unterschiedliche – kleine und große – Glücksmomente wiederholen.

Deine persönlichen Glücksbringer

Eventuell erkennst du einen roten Faden:

Welche Orte …
Welche Menschen …
Welche Tätigkeiten …
Welche „Rollen" …
… machen dich glücklich?

Wie kannst du diese Glücksbringer bewusster in deinem Alltag integrieren? Mehr Zeit an den Orten, mit den Menschen und Tätigkeiten verbringen, die dich glücklich machen? Deinen Begabungen und Fähigkeiten sowie deinen Bedürfnissen und Werten mehr Raum geben? Die Rolle für andere einnehmen, die dich glücklich macht.

Was wir schnell und ohne große Anstrengungen erreichen, löst bei weitem nicht das tiefe Glücksempfinden aus wie etwas, für das wir uns ausdauernd mit Herz und Tatkraft einsetzen.

Je mehr Sinn du in deinem Handeln empfindest, desto nachhaltiger ist dein Glücksgefühl.

> „Monde und Jahre vergehen,
> aber ein schöner Moment leuchtet das Leben hindurch."
> Franz Grillparzer

Ich wünsche dir eine Glück-gestaltende Woche,
Katja

#45 Um Hilfe bitten? Das schaffe ich allein

Weißt du nicht weiter?
Steckst du fest?
Fühlst du dich überfordert?
Wünschst du dir Unterstützung?

Dafür gibt es eine Lösung:

Bitte jemanden um Hilfe!

Lass' mal, das schaffe ich schon allein … Warum?

Wenn wir uns selbst und anderen eingestehen, dass wir etwas …
… nicht alleine können,
… nicht selbst wissen,
… nicht selbst haben bzw. uns nicht leisten können,
… oder einfach nicht mehr alleine schaffen,

dann zeigen wir uns verletzlich.

Ein „No Go" in einer auf Leistung und Wettbewerb gepolten Gesellschaft.

Wir fühlen uns unfähig und schwach im Vergleich mit anderen, die scheinbar alles mühelos alleine schaffen. Das drückt auf unser Selbstwertgefühl. Wir wollen unabhängig und nicht auf andere angewiesen sein. Niemanden zur Last fallen oder in dessen Schuld stehen.

Also drehen wir uns um uns selbst, nach dem Motto:

Hilf' dir selbst, sonst hilft dir keiner

Im gesunden Maße ist es gut, die Verantwortung für das eigene Leben zu übernehmen (#32).

Wenn wir diese Haltung aber übertreiben, dann verschwenden wir unnötig viel Zeit und Energie. Wir trennen uns von einer wesentlichen Quelle für Glücks- und Sinnempfinden.

Die moderne Gesellschaft und Wirtschaft schien lange von Egoismus und Gegeneinander geprägt zu sein. Doch langsam verbreiten sich die Erkenntnisse der Wissenschaft, die dieses einseitige Bild des Menschen schon seit 20 Jahren widerlegen.

Tief im Inneren, hinter unserem emotionalen Schutzschild und der Fassade des Perfektionismus, spüren wir es deutlich:

Helfen heißt Menschsein

Der Dokumentarfilm „**Die Revolution der Selbstlosen**"[12] zeigt das Mitgefühl, Altruismus, Hilfsbereitschaft und die Fähigkeit zur Kooperation in der Natur des Menschen liegen.

Kinder fragen selbstverständlich um Hilfe, wenn sie etwas NOCH nicht wissen oder können, um es zu lernen.

 Wobei wünschst du dir momentan Unterstützung?
Trau' dich, um Hilfe zu bitten.

Besinne dich in dieser Woche auf dein Menschsein,
Katja

#46 Versprochen! Lass' deinen Worten Taten folgen

Mir scheint in dieser Welt gibt es Worte und Versprechen im Überfluss. Es mangelt an Taten.

Leichter gesagt als getan

Wir reden, schreiben, posten, twittern, debattieren, diskutieren, erklären, „besserwissen", versprechen und protokollieren …

In der Folge tut sich wenig bis NICHTS.

Doch anstatt NOCH MEHR Worte über die Versäumnisse anderer zu verlieren, kehren wir mal vor unserer eigenen (kleinen) Tür:

- Worüber redest du schon lange, ohne es anzupacken?
- Welches Versprechen hast du (noch) nicht eingelöst?
- Worüber beklagst du dich, obwohl du selbst keinen Unterschied machst?

Fühlst du dich ertappt?
Also, ich mich schon!

Ja, ABER … liegt mir auf der Zunge …
… dafür fehlt die Zeit (#4) oder sonst eine Zutat zum Anpacken?

Um AusREDEN sind wir nicht verlegen.

Man sollte, hätte, könnte, müsste …

Einfach mal MACHEN!

> „Worte zeigen, wie jemand gern wäre.
> Taten zeigen, wie jemand wirklich ist."
> Unbekannt

 **Beobachte** dich und deine Worte in dieser Woche aufmerksam.

1. Wann immer du einen Konjunktiv II (sollte, könnte ...) entdeckst, schreibe dein wortgewaltiges Vorhaben auf.
2. Frage dich, will bzw. kann ich das wirklich (versprechen)?
3. Baue eine Brücke zwischen deinen Worten und Taten.

Wenn JA, ...
... dann gehe in dieser Woche einen ersten Schritt, der für andere sichtbar ist. Auch wenn du klein anfängst oder nur wenig beitragen kannst, ist das mehr wert als große Worte.

Wenn NEIN, ...
... dann streiche den Punkt von deiner Liste und falls jemand davon betroffen ist, teile der Person deine Entscheidung zeitnah mit.

Ich wünsche dir diese Woche, dass du dir und anderen mehr Versprechen erfüllst als du gibst,
Katja

P.S. Die Montags-Impulse sind für mich über die letzten Monate nicht nur ein Ausdruckskanal, sondern auch eine kleine moralische Instanz geworden im Sinne von: **Walk the Talk!** Lebe das vor, worüber du schreibst oder redest.

#47 Motivationsloch? So geschehen Wunder

Hast du eine "To Do" Liste?

Vermutlich stehen dort jede Menge (kleine) Aufgaben, die du am heutigen Montag oder in dieser Woche erledigen musst (#21).

Eine Liste mit alltäglichen Dringlichkeiten:
Emails beantworten - abgehakt.
Meeting vorbereiten - abgehakt.
Termin vereinbaren - abgehakt.
...

Mit jedem Häkchen stellt sich ein kurzer Erfolgsmoment ein.

Nicht dringend, aber für dich wichtig

Neben den alltäglichen Aufgaben, hast du dir eventuell auch größere Ziele oder Projekte vorgenommen. Vorhaben, die sich nicht von jetzt auf gleich umsetzen lassen. Die über eine längere Zeit deinen Einsatz und dein Durchhaltevermögen erfordern. Die dir persönlich wichtig, aber eben nicht dringlich sind und dadurch oft hinten runter fallen.

Vielleicht hängst du gerade in einem Motivationsloch und hast dein Vorhaben längere Zeit vernachlässigt (#22).

So ging es mir einen Monat vor Fertigstellung dieses Buches. Ich hatte das Gefühl, dass sich mein großes Ziel mit jedem Tag weiter von mir entfernt.

Dein Wundermoment

 Die folgende **Übung** hat mir auch dieses Mal wieder geholfen, mich selbst neu zu motivieren.

Ich möchte dich zu einer kleinen Fantasiereise einladen.
(Wenn du dir diese Zeilen von einer anderen Person vorlesen lässt, kannst du selbst die Augen schließen).

Stell' dir vor, du bist an deinem persönlichen Lieblingsort.

An einem Ort, an dem du dich wohl, sicher und geborgen fühlst.

Komme an und nimm' diesen Ort mit allen Sinnen wahr.

Genieße den Moment, in dem sich Zeit und Raum ausdehnen.

...

Und dann, irgendwann ist es Zeit, aufzubrechen.

Denn heute ist der Tag, an dem ein Wunder geschehen ist.

DU HAST DEIN ZIEL ERREICHT!

Alles, was dafür erforderlich war, ist getan ...

Ein wahrer Wundermoment!

Und du begibst dich an den Ort, an dem du dein Wunder empfängst.

In den Moment, in dem das Wunder geschehen ist.

Betrachte das Wunder und male den Moment in allen Facetten aus.

Woran erkennst du, dass du dein Ziel erreicht hast?

Was nimmst du wahr? Was ist anders als sonst?

Woran erkennen andere, dass das Wunder geschehen ist?

Welche Gefühle löst dieser Moment in dir aus?

JETZT wo du dein Ziel erreicht hast.

Nimm' dir die Zeit und schreibe deine Eindrücke auf.

Lies' erst dann weiter ... umso besser funktioniert diese Übung.

Es liegt in deiner Hand. Weiter?

Angenommen, dieser Wundermoment (der Zielzustand) entspricht einer 10 auf einer Skala von 0 - 10. Die 0 ist der Startpunkt, am Anfang des Weges zum Ziel. Wo stehst du momentan?

Welche Schritte hast du bis zum heutigen Tag unternommen, um deinem Ziel näher zu kommen? Würdige jeden noch so kleinen Schritt, auch wenn er (noch) nicht viel gebracht hat.

Komm' schon, klopf dir mal auf die Schulter!!!

> „Take pride in how far you have come.
> Have faith in how far you can go."
> Michael Josephson

Dann überlege, wie du einen weiteren Punkt auf der Skala nach oben klettern kannst:
- Was kannst du in dieser Woche ganz konkret tun, um deinem Ziel einen Schritt näher zu kommen?
- Wann nimmst du dir dafür die Zeit?
- Wen kannst du um Hilfe bitten (#45)?

Mach' dir noch einmal bewusst, wie du dich fühlen wirst, wenn du dein Ziel erreicht hast.

Und dann leg' los, gestalte dein Wunder.

Ich wünsche dir eine wundervolle Woche,
Katja

#48 Alles probiert, nix funktioniert

Welches Problem beschäftigt dich schon ewig?
Welche Herausforderung bekommst du nicht gemeistert?
Welches Ziel verfolgst du, ohne voranzukommen?

Es mangelt dir nicht an (gut gemeinten) Impulsen und Ratschlägen.
Auch nicht daran, dass du nichts tust.
Du hast schon alles Mögliche ausprobiert.

Doch du hast dich festgefahren.
Es funktioniert einfach nichts.

Erlaube dir einmal folgende Gedanken:

Womöglich gibt es gar **keine Lösung** für dein Problem.
Vielleicht kannst du diese Herausforderung gar nicht bewältigen.
Eventuell ist dieses Ziel gar nicht Teil deines Lebens.

Dann hilft nur "Aufgeben und Loslassen" (#19): Die Situation zu akzeptieren, wie sie ist – manchmal außerhalb unserer Kontrolle oder unseres Einflussbereiches (#32).

Doch bevor wir uns "geschlagen" geben, lass' uns einen allerletzten Versuch unternehmen:

Stelle das Problem auf den Kopf

Dieser **Perspektivenwechsel** kann dir helfen, in festgefahrenen Situationen radikal anders zu denken und neue Lösungswege zu entdecken.

Bislang hast du dich und andere gefragt:
"Was kann ich tun, um ... mein Problem zu lösen / die Herausforderung zu meistern / das Ziel zu erreichen?"

Formuliere diese Frage ganz konkret und spezifisch für dein persönliches Thema! Jetzt.

Und dann: Stelle die Frage auf den Kopf, indem du sie 180° ins Gegenteil umdrehst.

Wie bitte? Ich soll mir vorstellen, wie ich meine Situation noch verschlimmern kann?
Ja, richtig gelesen. Für den Zweck dieser Übung ist dieses Vorgehen (ausnahmsweise) dienlich (#17).

Frage dich:
"Was kann ich tun, um **auf keinen Fall** ... mein Problem zu lösen / die Herausforderung zu meistern / mein Ziel zu erreichen?"

Je nach Thema, gibt es noch weitere Möglichkeiten deine Frage auf den Kopf zu stellen:

* Was ist das Gegenteil?
* Wie soll das Ergebnis auf gar keinen Fall aussehen?
* Wie kann ich mich gegensätzlich / destruktiv verhalten?
* Was kann ich tun, um garantiert zu scheitern?

Im ersten Moment hört sich diese Aufgabenstellung vielleicht verrückt und ungewöhnlich an. Die Crux des Umdrehens ist, dass es uns leichter fällt zu überlegen,

* was definitiv nicht funktioniert,
* wie das Vorhaben mit Sicherheit schief gehen wird oder
* welches Verhalten bzw. welche Schritte garantiert nicht zum gewünschten Ergebnis beitragen.

Diese Stolpersteine, Fehler (#12) und Probleme sehen wir oftmals viel klarer als die Lösung.

Schreibe alle deine "Anti-Ideen" auf jeweils eine Karte.
Notiere jede noch so absurde destruktive Idee.

Wenn du soweit bist und dir wirklich nichts mehr einfällt, lege die Karten auf den Tisch und bringe diese in eine für dich stimmige Ordnung.

Vermutlich musst du über die ein oder andere (geniale) Idee selbst
schmunzeln. Gut! Die Übung darf Spaß machen.

Und nun?
Drehe jede "Anti-Idee" wieder 180° herum.

"Eskimos benutzen Kühlschränke
damit ihnen die Lebensmittel nicht einfrieren."
NEON unnützes Wissen

Gegensätze können eine wertvolle Inspirationsquelle für kreatives
Denken liefern. Die Ideen werden anders sein als das, woran du bisher
gedacht hast. Auf diesem "Umweg" ergeben sich oft viel mehr Lö-
sungsansätze als wenn wir auf direktem Wege zum Ziel denken.

Manchmal bringt diese Übung auch das ein oder andere destruktive
Verhalten ans Licht, mit dem wir uns bislang selbst sabotiert und im
Wege gestanden haben. Dann geht es eher darum, gewisse Verhaltens-
muster abzulegen, um einen Schritt weiter zu kommen.

Ich wünsche dir eine Kopfstand-inspirierte Woche,
Katja

P.S. Ich praktiziere regelmäßig Yoga. Stell' dich doch einmal physisch
auf den Kopf und spüre, was es mit dir macht, die Welt aus dieser Perspektive zu betrachten.

#49 Erfolg. Hast du die Handbremse angezogen?

Willst du erfolgreich sein? – Ja, Nein, Vielleicht.
Willst du deine selbst gesetzten Ziele erreichen? – Na klar!

Während die meisten Menschen die zweite Frage klar mit Ja beantworten, hat die erste Frage für einige ein „Geschmäckle".

Geht es dir auch so?
Warum hat Erfolg diesen bittersüßen Beigeschmack?

Dein unbewusstes Erfolgsdenken

 Um diesem „Geschmäckle" auf die Spur zu kommen, empfehle ich deine (unbewussten) Assoziationen mit dem Begriff Erfolg bewusst zu machen.

1. Schreibe dafür das Wort ERFOLG in Großbuchstaben auf ein Blatt Papier. Finde für jeden Buchstaben einen Begriff, den du spontan mit dem Thema Erfolg assoziierst.

   Denk' nicht lange nach. Folge deinem ersten Impuls und schreibe die Worte auf. Dann wirst du mit einem Aha-Effekt belohnt.

2. Betrachte die Assoziationen als Ausdruck deiner inneren Haltung und (unbewussten) Denkmustern zum Thema Erfolg.

3. Frage dich, wenn das für mich „Erfolg" bedeutet, will ich dann überhaupt erfolgreich sein?

Welche Denkmuster bestärken dich in Bezug auf das Thema?
Was fühlt sich weit und frei an?
Bei welchen Assoziationen spürst du jetzt deutlich, dass sie dich einengen und blockieren?

Zeit für ein Erfolgs-Update?

Fakt ist: Erfolgreiche Menschen haben erfolgsfördernde Glaubenssätze. Falls dein Verhältnis zum Erfolg ambivalent ist, offenbart dir diese Übung, welche Denkmuster innerlich die Handbremse angezogen halten. Dir dessen bewusst zu sein, ist der erste Schritt, um die Handbremse zu lösen.

Vielleicht denkst du jetzt:
Ja, ABER ich will ja gar nicht erfolgreich sein.
Ist das so?
Du willst deine eigenen Ziele nicht erreichen?
Dein Leben nicht nach deinen eigenen Vorstellungen gestalten?

Kann es sein, dass sich in deinem Kopf ein Bild von Erfolg eingeschlichen hat, das für dich nicht erstrebenswert ist? Dann hast du DEINEN Maßstab für Erfolg womöglich im Außen - an den Vorstellungen oder Erwartungen anderer - angelegt.

Entscheidend ist, was für dich ganz persönlich Erfolg bedeutet.
Was für den einen der Inbegriff eines erfolgreichen Lebens ist, empfindet der andere als unbedeutend oder sogar abstoßend.

> „Es gibt nur einen ERFOLG – das Leben
> nach seinen eigenen Vorstellungen leben zu können."
>
> Christopher Morley

Frage dich,

- Was ist dir wirklich wichtig im Leben (#11)?
- Welche Menschen betrachtest du als Erfolgs-Vorbilder?
- Wie kannst du Erfolg für dich stimmiger definieren, um erfolgsblockierende gegen erfolgsförderliche Gedanken auszutauschen?

Erfolg erfolgt! …

Ich wünsche dir eine – in deinem Sinne – erfolgreiche Woche,
Katja

#50 Eine einfache Übung für mehr Verbundenheit

Heute teile ich eine meiner Lieblingsübungen mit dir. Diese Übung ist mir deshalb so sehr ans Herz gewachsen, weil sie eines unserer seelischen Grundbedürfnisse, die Verbundenheit, auf einfache Weise und in kurzer Zeit spürbar machen kann.

Verbundenheit

... bezeichnet das Gefühl der Zu(sammen)gehörigkeit.

Wahrhaft verbunden fühlen wir uns dann, wenn wir ...

- im Umgang miteinander offen und unverfälscht sind, uns einander wahrhaftig zeigen können
  = **Echtheit.**

- das Gefühl haben, dass der andere uns versteht oder offen ist, sich einfühlend in unsere Sicht der Dinge hineinzuversetzen
  = **Empathie.**

- von anderen so gesehen und angenommen werden, wie wir sind
  = **Wertschätzung.**

Eine Übung, die diese Qualitäten stärken kann, ist das sogenannte Connecting.

Connecting = verbinden

Das Grundprinzip ist einfach und nicht neu. Psychologen, Coaches und andere Vertreter sozialer Berufe erkennen sicher die Ähnlichkeit zur klienten- bzw. personenzentrierten Gesprächsführung.

Ich selbst habe das Connecting bei Patrick D. Cowden von Beyond Leadership (www.beyond-leadership.de) kennen gelernt. Dabei habe ich erlebt, dass das Gefühl der Verbundenheit mit anderen Menschen immer aus einer guten Verbindung mit mir selbst entsteht.

 Ich lade dich ein, es in dieser Woche selbst auszuprobieren:

Das **Connecting** eignet sich für Zweier-Konstellationen oder eine kleine Gruppe von 3-4 Personen - also lebenspraktisch für Beziehungsgespräche mit dem Partner, Freunden oder Familienangehörigen. Aber auch im beruflichen Kontext hat sich diese Praxis bewährt, z.B. um das Miteinander in Teams zu stärken.

Die grundlegende Frage lautet:

Wer bin ich und warum bin ich hier?

1. Jeder bekommt 5 Minuten Zeit, um diese Frage zu beantworten, den gegenwärtigen Gedanken und Gefühlen dazu Ausdruck zu verleihen - d.h. sich im ersten Schritt mit sich selbst zu verbinden. Die Frage ist dabei bewusst offen und weit formuliert.

2. Die Zuhörer "halten den Raum" - präsent und aufmerksam - für diese tiefe Reflexion ohne zwischendrin Fragen zu stellen oder das Gesagte zu kommentieren.

3. Im Anschluss hat jeder Zuhörer eine Minute Zeit mit eigenen Worten - ohne Bewertungen oder Ratschläge - wiederzugeben, was er glaubt, verstanden zu haben.

4. Derjenige, der gesprochen hat, bedankt sich. Punkt. Keine Auswertung. Keine Rechtfertigung. Keine Erklärung.

Sich selbst und andere bewusst wahrnehmen

Im Connecting tauchen wir Minute für Minute tiefer in unsere "innere Welt" ein. Je mehr wir uns vom Gegenüber (zunächst non-verbal) verstanden fühlen, desto weiter öffnen wir uns. So dringen wir zu Erkenntnissen vor, die uns womöglich selbst noch nicht bewusst waren, was uns hilft uns selbst tiefer zu verstehen und noch wahrhaftiger zu zeigen.

Im Austausch mit anderen stärken wir das gegenseitige Verständnis und die Wertschätzung füreinander.

Wann immer ich mir ein Herz fasse und die Zeit für ein Connecting nehme, gewinnt die Beziehung zu meinen Mitmenschen an Tiefe und es geschehen erstaunliche Dinge, sogenannte Synchronizitäten. Dann spüre ich ganz deutlich die Verbundenheit - mit mir, mit anderen und dem Leben.

Ich könnte dir lang und breit erklären, wie und warum das Connecting wirkt. Doch wie schon Galileo Galilei sagte:

> "Man kann einem Menschen nichts lehren,
> man kann ihm nur helfen,
> es in sich selbst zu entdecken."

Schenke dir und einem Menschen, der für dich wichtig ist, in dieser Woche diese 12 Minuten Zeit, deine Offenheit, Präsenz und Aufmerksamkeit.

Ich wünsche dir in dieser Woche den Mut für mehr Verbundenheit, Katja

P.S. Eventuell hast du Bedenken, dass du etwas falsch machen könntest.

Für Einsteiger: Das Eye Contact Experiment (www.eyecontactexperiment.com) in Berlin zeigt, dass bereits eine Minute Blickkontakt genügt, um uns verbundener zu fühlen.

#51 Ziehe eine persönliche Bilanz

Weihnachten steht vor der Tür. Das Jahr neigt sich langsam dem Ende. Es ist an der Zeit die letzten Vorbereitungen für das Weihnachtsfest zu treffen und die offenen Schubladen zu schließen oder auf nächstes Jahr zu vertagen.

Zeit zum Innehalten

Nach dem Weihnachtsfest kommt die Zeit der Rauhnächte. Sie beginnen in der Nacht zum 25. Dezember und enden in der Nacht zum 6. Januar, dem Dreikönigstag.

Diese Zeit eignet sich besonders, um einen Gang runter zu schalten und mit etwas Abstand zum Alltag die vergangenen 12 Monate Revue passieren zu lassen.

Seit mittlerweile 5 Jahren praktiziere ich in den Tagen „zwischen den Jahren" ein lieb gewonnenes Ritual, das ich mit dir teilen möchte:

Die persönliche Jahresbilanz

Erinnere dich einmal zurück ...
* Bist du langsam oder Hals über Kopf ins neue Jahr gestartet (#1)?
* Hast du dich klar ausgerichtet oder fehlte dir die Orientierung, was du wirklich willst?
* Bist du deinen Vorsätzen treu geblieben oder haben diese sich im Sande des Alltags verlaufen (#3)?

Die vergangenen 12 Monate spiegeln häufig wider, wie du die 12 Tage über den Jahreswechsel gestaltet hast.

 **Nimm' dir die Zeit**, um die vergangenen 12 Monate Revue passieren zu lassen und bewusst ins neue Jahr zu starten.

- Betrachte die verschiedenen Bereiche deines Lebens und gewinne Klarheit, wo du stehst.
- Reflektiere deine Höhen und Tiefen und nutze die Erkenntnisse, um für die Zukunft zu lernen.
- Besinne dich auf deine wahren Bedürfnisse und Wünsche.
- Bringe deine Gedanken zu Papier, um eine nachhaltige Wirkung zu erzielen.
- Schließe das alte Jahr wertschätzend ab, um frei und unbeschwert in das neue Jahr zu starten.

Wohin soll deine Reise im neuen Jahr gehen?

Nutze die Tage zwischen den Jahren, um dich wieder neu auszurichten auf deine Herzenswünsche und Lebensziele:
- Welchen Traum oder Wunsch möchtest du verwirklichen?
- Wie kannst du das als ein konkretes Ziel für das nächste Jahr formulieren?
- Welche Schritte sind erforderlich, um dich deinem Ziel zu nähern (und dem „Glück" auf die Sprünge zu helfen)?

> „Gib' jedem Jahr die Chance,
> das beste deines Lebens zu werden."
>
> in Anlehnung an Mark Twain

Wie auch immer du die Tage „zwischen den Jahren" gestaltest, ich wünsche dir, dass du die letzten Tage des Jahres genießen kannst,
Katja

P.S. Wünschst du dir eine spielerische Anleitung zum Reflektieren? Dann lade ich dich herzlich ein dir meinen Fahrplan für deine persönliche Jahresbilanz zu holen (Gutschein-Code: MI-RABATT):

Mit der **Persönlichen Jahresbilanz** (unter www.montags-impulse.de) gewinnst du in 12 Tagen mehr Klarheit, Orientierung und Inspiration für die kommenden 12 Monate.
- auch als Last-Minute-Geschenk für Weihnachten geeignet.

#52 Zeit zum Feiern: Ein Jahr ... 52 Montags-Impulse

Es ist vollbracht.

Kneif' mich mal!
Ich kann es selbst noch nicht ganz glauben.
Das habe ich alles geschrieben?

Hätte mir das jemand "vorausgesagt", dann wäre ich sicher geschmeichelt gewesen, aber ich hätte ungläubig abgewunken.

Unser kleines Lebenswunder hat diesen Stein ins Rollen gebracht. Doch was mich Woche für Woche neu motiviert hat, Impuls für Impuls und Seite für Seite zu schreiben, das waren die vielen tollen Rückmeldungen meiner treuen (Blog-)Leser.

Seitdem ist der Montag mein LIEBLINGstag :-)

Und JA, es gab' Zweifel (#14), Durchhänger, Fragezeichen ...

Wie man einen Berg Arbeit schafft

Während meiner Trekking-Reise in Nepal führte eine Tagesetappe von 3.800 auf 5.416 Höhenmeter zum Thorong La Pass - hoch und wieder runter.

Ich dachte: Wie soll ich das jemals schaffen? Der Berg ist so hoch. Immer wieder suchte ich nach dem Gipfel. Wenn ich dachte, dort ist das Ziel, war es nur ein Hügel auf dem Weg. Dahinter stieg der Berg weiter steil an.

Ich war kurz davor abzubrechen und umzukehren, da dachte ich an Beppo Straßenkehrer aus **Michael Ende's "Momo"**[13]. Darin erklärt er Momo, wie man einen Berg Arbeit schafft: Schritt für Schritt.

So ging ich weiter, einen Fuß vor den anderen setzen ... Innehalten ... Atmen ... die Aussicht genießen ... Schritt für Schritt ... Innehalten ... Atmen ...

Völlig unerwartet sprang mich plötzlich mein Wegbegleiter an:
„Wir sind oben! Wir haben es geschafft!!!

Zeit zum Feiern

Ich widme diesen Montags-Impuls dem Feiern unserer Etappenziele,
quasi dem "Atmen". Viel zu oft vergessen wir, das Erreichte wirklich zu
würdigen.

Kennst du das?
Du arbeitest lange auf ein Ziel hin. Womöglich schien es dir anfangs
unerreichbar. Dann hast du es erreicht ... und schon geht es weiter zum
nächsten Punkt auf der Tagesordnung.

Sicher, es gibt noch VIEL zu tun ...

Doch wir haben einen Meilenstein erreicht.

> Was bringt es, einen Berg zu besteigen,
> wenn wir auf dem Weg nicht einmal innehalten
> und die Aussicht genießen?
> Unbekannt

 **Überlege** gleich selbst, was du in dieser Woche feiern könntest.
Falls es keinen aktuellen Anlass gibt, dann vielleicht einen Er-
folg, der schon etwas zurückliegt und den du nicht angemessen
gewürdigt hast.

Halte inne.
Nimm' dir die Zeit, deinen Erfolg wertzuschätzen.
Schenke dir selbst Anerkennung für deine Leistung.
Belohne dich für deine Anstrengungen.
Genieße diesen Moment.

Weil's gut tut!
Und du auf diese Art und Weise neuen Elan und frische Motivation
(#47) für die nächste Etappe gewinnst.

DANKE, DANKE, DANKE

… an alle, die mich im letzten Jahr auf diesem Weg begleitet und dazu beigetragen haben, dass die Montags-Impulse mehr Freude und Sinn im (Job-)Alltag stiften.

Was mir dabei aufgefallen ist: Im Gegensatz zu früheren Erfolgen, die ich eher nüchtern zur Kenntnis genommen habe, verbinde ich mit den Montags-Impulsen ein tiefes und wärmendes Gefühl der Dankbarkeit. Vermutlich, weil dies meiner persönlichen Definition von Erfolg (#49) entspricht.

> „Die großen Augenblicke sind die,
> in denen wir getan haben,
> was wir uns selbst nie zugetraut hätten."
> Marie Freifrau von Ebner-Eschenbach

Und jetzt: Partyhütchen raus und Korken knallen lassen ;-)

Ich wünsche uns eine feierliche Woche,
Katja

Jedes Ende ist ein neuer Anfang

Du bist fertig mit Lesen und hast Lust auf mehr?

 Auf meinem Montags-Impulse Blog kannst du weiterlesen:
www.montags-impulse.de

Melde dich online für den Montags-Impulse Newsletter an und erhalte inspirierende und liebevoll anschubsende Emails, mit denen du Schritt für Schritt noch mehr Freude und Sinn in deinen (Job-) Alltag bringen kannst.

Dein Motivationskick für den Wochenstart
– immer montags in deiner Inbox.

Ich freue mich darauf, dich weiter auf deinem Weg zu begleiten,
Deine Katja

Quellenverzeichnis

1 – Manpower Group (2016): Studie „Arbeitsmotivation 2016", Link: http://www.manpowergroup.de/neuigkeiten/studien-und-research/studie-arbeitsmotivation/

2 – Strelecky, John P. (2015): „Wiedersehen im Café am Rande der Welt. Eine inspirierende Reise zum eigenen Selbst", dtv Verlagsgesellschaft

3 – Ware, Bronnie (2013): „Fünf Dinge, die Sterbende am meisten bereuen. Einsichten, die ihr Leben verändern werden", Arkana, 13. Auflage

4 – von Hirschhausen, Eckart: „Die Pinguin-Geschichte", Link: http://www.hirschhausen.com/glueck/die-pinguingeschichte.php

5 – de Botton, Alain: „Warum arbeiten uns nur selten glücklich macht", http://www.wiwo.de/erfolg/beruf/alain-de-botton-ueber-work-life-balance-warum-arbeiten-uns-nur-selten-gluecklich-macht/19905700.html, 13.06.2017

6 – Meinungsforschungsinstitut Fittkau & Maaß (2016): „Sabbatical-Studie" (im Auftrag von Wimdu), Link: http://www.wimdu.de/blog/groesste-deutsche-sabbatical-studie/

7 – Watzlawick, Paul (1988): „Anleitung zum Unglücklichsein", Piper

8 – Sinek, Simon (2014): „Frag immer erst: Warum. Wie Top-Firmen und Führungskräfte zum Erfolg inspirieren." Redline Verlag

9 – Stöhr, Jannike (2016): „Das Traumjob-Experiment. 30 Jobs in einem Jahr", Eichborn Verlag

10 – Largo, Remo (2017): „Das passende Leben. Was unsere Individualität ausmacht und wie wir sie leben können.", S. Fischer, 3. Auflage

11 – Dilts, Robert (1994): „Die Veränderung von Glaubenssystemen: NLP Glaubensarbeit.", Junfermann Verlag, 6. Auflage

12 – Gilman, Sylvie & de Lestrade, Thierry (2016): „Die Revolution der Selbstlosen", mindjazz Pictures

13 - Ende, Michael (1973): „Momo", Thienemann Verlag, 20. Auflage

Blog-Leserstimmen

„Deine Impulse finde ich deshalb so gut, weil sie wirklich fundiert und wertvoll sind und sich deshalb nach meiner Meinung sehr angenehm aus der Masse der heute so zahlreichen „Tipps" für alle Lebenslagen herausheben. Es sind eben Impulse im besten Sinne und regen zum Weiterdenken an."
Dorit

„Ich freue mich immer, wenn die Mail „aufpoppt" und danke Dir von Herzen für diese Impulse. Ich spüre dabei soviel Lebendigkeit und Lebensfreude und das lässt mich mutig weitergehen."
Iris

„Als Rückmeldung zu Deinen Montags-Impulsen, an die ich mich inzwischen bereits gewöhnt habe, sollst Du wissen, daß diese bei mir hervorragend ankommen, um nicht zu sagen, daß diese für mich zur Zeit genau das richtige Maß und der richtige Bedarf an Impulsen in Richtung erwünschte Veränderungen sind. Dafür danke ich Dir ganz herzlich!"
Michael

Ich liebe Zitate und Lebensweisheiten und deshalb ist jeder Impuls eine Inspiration für mich! Das Lesen der Montags-Impulse ist mittlerweile ein fester Bestandteil meines Wochenstarts geworden.
Susann

„Jetzt hast Du mich (mal wieder) genau da abgeholt,
wo ich gedanklich schon seit Monaten hänge [...]
Wie „zufällig" passt Dein Thema meist perfekt zu meinem. [...]
Ich hab mich Dank all Deiner psychologischen Stützen
(plötzlich funktionierten meine alten Ausreden nicht mehr....;-))
an meinen Traumjob gewagt und bin noch immer verblüfft
wie einfach es dann ist, wenn man einfach losgeht.
Ich danke Dir von Herzen dafür liebe Katja!
Julia

„Begleitung in einer schwierigen Lebensphase.
Ich habe die Impulse immer sehnsüchtig erwartet. Danke dafür!"
Kerstin

„Es ist schon fast unheimlich, wie Du mit den Montags-Impulsen
immer die Stimmungen, Gedanken und Wünsche triffst,
mit denen ich mich beschäftige. Es ist auch schön, ältere Impulse
immer wieder zu lesen; das gibt mir jedes Mal neuen Mut und An-
schub, meine Ideen zu verwirklichen."
Sabina

„Einige deiner Impulse sind wie Erdbeertee und Wollsocken."
Karl-Henry

„Ich liebe deine Montagsimpulse
und sie zaubern mir immer ein Lächeln ins Gesicht."
Inge